夢のパラダイス 2

OWAN Taro
おわん太郎

文芸社

夢ほど、奇想天外なものはない！
毎日の生活に関するもの、そして、その延長……。
毎日の生活における不平不満、そして、そのストレス……。
現実の世界での心の欲求……。

自分の過去の再現……。
自分の欲望の仮想現実……。

どんな夢を見るのか？
夢の中で何が起こるのか、どのように展開するのか、誰にも解からない。

いい夢を見たなぁ……。
怖い夢を見た！

訳の分からない夢だった。

とんでもない夢だった！

夢は人間の意識に操られず、勝手に、気ままに、やって来る。
まさに、奇想天外である。

私達は、その夢のありがたさに感謝してよいのか、それとも、混乱してしまうのか？
私達は、何も知らないし、何も解からない。

楽しい夢なら、良かった！
苦しい夢、悲しい夢なら、困った！
また、現実とも、欲求欲望とも関係しない夢を見た時、あなたは、どうしますか？

夢には、いっぱい、顔がある。
正夢、逆夢、昏夢、怪夢、幻夢、空夢、瑞夢、初夢、残夢、霊夢、悪夢、徒夢、快夢……。

さて、

今宵、あなた様に訪れる夢は？
なにはともあれ、皆様にとって、
楽しく、そして活力と勇気を与え、
幸せに満ち溢れた夢でありますように！

夢のパラダイス　2　目次

第一話　すばらしい夢！　4月15日

ナタリーの夢を見た。

ナタリーはフランス人女性。フランス北西部のナントという町の高校の「フランス語」の先生。明るく、さわやか、それに笑顔の素敵な女の子と言ったほうが彼女にあっているのかもしれない。

僕はナタリーとナント大学で知り合い、当初、人生論について語り合うようになった。その内に、お互いのことを話し合うようになり、僕の書く詩について助言をくれるようになった。

交際が進み、お互いの感情も触れ合うようになった。

そんなある日……。

ナタリーは僕と一緒に生活したい！　と言い、町の中心地に大きな一軒家を借りた。

（ここから、夢です！）

僕はナタリーと、毎日、幸せに暮らしていた。

彼女は料理上手！　いつも愛情いっぱいで、美味しかった。それに、ビスケットやケーキ、焼き菓子も美味しかった。
そんな時、ナタリーお手製のビスケットとコーヒーを味わいながら、
夏休みのことを話していた……。

「私、あなたのお父さんとお母さんに会いたいわ！」と、笑みを輝かせたナタリー。

「僕の両親に？」

「ええ……」

僕はすぐに国際電話をした。

「もしもし、お母さん……。うん、ありがとう！」

「ナタリー、両親は大喜びだよ。『早く来てね。待っているわ！』と言っていた」

「私、うれしいわ！」

急いで旅行の準備をし、パスポートを手に空港へ……。

「あれ？　ここはどこだ？」

一瞬にして場面が変わり、僕とナタリーは日本の町を歩いていた……。

「あっ、わかった！　ここは家の近くの商店街！　あと2~3分で家に着くよ」

ナタリーは、うれしそうに僕を見た。そして袋からプレゼントを取り出した。

「お父さんとお母さん、喜んでくれるかしら？」

「もちろん！」

ナタリーは満面に笑みを輝かせ、髪に手をやり、三つ編みを両手で握りしめ、「ラン、ラン、ラン……」と、口ずさみながらスキップしていった、まるで5月のそよ風のように……。


「ナタリー、この正面に見えるのが僕の家だよ！」

「どの家？」

「あの、小さなスーパーマーケットだよ！」

「あ、あれね！　私、わかったわ！」

「ナタリー、行くよ！」

「ええ！」

ナタリーの笑みはさらに輝いた。


「えっ？　なんだ？」

この時、突然、目がさめた。

「今のは夢？」

「……？」

僕は布団《ふとん》の中で、寝ていた……。

「あ〜〜〜！　なんと鮮明な夢！」

ナタリーとの、なんとも、懐《なつ》かしく、心温かい光景だった。

僕の心は今も、ワクワク、ドキドキ、している。

第二話　なんだ、こりゃ？①　４月18日

僕は砂漠を探検していた……。

「あつい！　あつい！」

と言いながら、灼熱の太陽の下、右足、左足を、交互に上げながら、槍《やり》を手に、進んだ。

僕は靴も靴下も履いていなかった、おまけに、ターザンみたいな格好をしていた。

急に場面が変わり、
僕は、うっそうとしたジャングルの中を歩いていた。

すると、大きな恐竜とキングコングが目の前に、見えた。

「いったい何をしているんだ？」

「ケンカ？」

「いや違う！」

僕は木陰に隠れて、じっと、見ていた……。

空手チョップや、飛び膝蹴り、スリーパーホールドに、バックドロップ……。

「なんだ？」

「これはプロレス？」

見入っていると、
僕は「ガンバレ！　ガンバレ！」と応援していた。

白熱した戦いが続いた……。

この時、ゴングが鳴った。

大きな恐竜とキングコングが、コーナーに戻り、汗を拭いて、水を飲んでいる……。

この時、キッキ、キャキャ……と声がした。

ふり向くと、お猿さんがニコニコしながら、バナナを差し出した。

「あっ、どうもありがとう！」

お礼を言い、バナナを食べていると、お猿さんは、いなくなっていた。

親切なお猿さんだな～と思っていると、
ドスン!!　ドスン!!

と、地面が揺れた。

「なんだ？」

正面を見ると、
恐竜とキングコングが、怒った顔をして、僕目がけて、突進してきた！

「うわ〜、大変だぁ〜！」

「助けてくれ〜〜」

僕は必死に、ジャングルの中を逃げ回った。

気がつくと、僕は、砂漠の上を、ジープで走っていた。

そして、大学の小さな教室の、最前列に、座っていた。

クラスメートは、ワイワイガヤガヤ……話していた。

「先生、遅いね」

「一体どうしたんだ？」

「先生に、手紙を書いたほうがいいよ！」

そう言うので、僕は手紙を書き始めた。

すると、横にいた女子学生が「条件法で書いたほうが、丁寧《ていねい》よ」と、教えてくれた。

僕はすぐに手紙を書き直した。

「ポストはどこかな？」と探し回っていると、
みんな教室を出て、トイレに入った。

僕も急いで入った。

クラスメートはトイレ内の机に本を広げ、なにやら真剣に勉強していた。

「みんないったい何をしているの？」と、僕は首をかしげた。

「これから最終試験だ！」

「え～～、本当？」

僕は『ドキッ！』とし、冷たい不安に襲われた。

「ああ本当だ。お前は勉強しなくていいのか？」と、男子学生が僕を見た。

僕も急いで本を開いた。

「えっ、なんだ？」

その本は恐竜の絵本だった。

「なんということだ！」

僕は驚いた！

あわてて別の本を取り出した。

その本も、恐竜の絵本だった。

「なんということだ！」

僕はカバンをひっくり返し、中の本を全部出した。

「え～～～～っ！」

みんな、恐竜の絵本だった。

僕はすぐさま家に帰った。

母は「お帰り！　夕ご飯はできているわよ！」と言い、

父は、お酒を飲んでいた、「お前も、いっぱい飲むか？」と言い、上機嫌だった。
よく見ると、二人とも、人間ではなく、恐竜のお父さん、お母さんだった。
そんなことはどっちでも良かった。
僕はとにかく、自分の部屋、階段を上がって、部屋に入った。
「うわー、すごい数の本……。壁も天井も本だらけ！」
僕は必死になって本を手に取るが、
みんな、
恐竜の絵本だった！
僕は怖《こわ》くなり、一目散《いちもくさん》に家を出た。
そして、無我夢中に走った……。
気がつくと、僕は宇宙を、飛んでいた。
「あーっ、宇宙って、広いんだな～」
「このまま、ゆっくりのんびり、旅がしたいなぁ～」
と思っていると、目がさめた。
何が何だか全くわからない……。
ハラハラドキドキ……。それに冷や汗も、いっぱいだった。

第三話　いい夢を見たなぁ～①　　４月22日

僕は、町の大きな工場で働いていた。

職場は、明るく、さわやか、みんな親切で、良い人ばかりだった。

『カタカタ・カッターン！』

『カタカタ・カッターン！』

という機械の音が、心地よく、楽しかった。

そして、働くことに、生き甲斐を感じていた。


そんなある日、ベテラン女性が担当する機械が動かなくなった。

その女性は、しくしくと泣き始めた。

この時、社長が役員に囲まれ、やって来た。

そして動かなくなった機械の横で泣いている女性社員を励まし、笑顔で言った。

「みんな、毎日、ご苦労様！　この機械の故障は、なんでもない。みんなが知恵を出し、創意工夫すれば、必ず直る！　明るく元気よく、頑張ろう！」と言い、社長は工場内を笑顔で見て回った。

すぐに、技術職の社員が、機械の点検をはじめた。

それに、周りの社員も協力し、故障個所がわかり、その機械は、あっという間に直った。

女性社員は涙をふき、

「みんな、どうもありがとう！　これからも、よろしくお願いします！」

と、ピカピカの笑みを輝かせた。


あ〜、いい夢を見たなぁ〜。

第四話　いい夢を見たなぁ～②　4月23日

僕は散歩をしていた……。

するとˎ
「先生、先生！」と声がした。

ふり向くと、酒食料品雑貨の大きなお店の女将《おかみ》さんが、駐車場で、自動販売機の、缶の補給作業をしていた。

「こんにちは！　今日はいいお天気ですね！」

「先生はいつもスーツを着て、見ているだけでも素敵ですよ。それにネクタイも素敵！」

「どうもありがとう！　スーツが好きなんです」

「先生、小説、本はもうできたんですか？　私、早く先生の書いた本が読みたくて……」

「今、執筆中で……、もうじき出来ると思います」

「どんな本ですか？」

「カナダからやって来たお姫さま、という題で、学園恋愛ロマンスです」

「私、本が好きで、家では芥川賞、直木賞を受賞した本をいつも読んでいます。早く先生の本も読みたいです！　先生、お願いしますね」

「はい！　ところで、旦那《だんな》さんの具合は、いかがですか？」

旦那さんは3年前、お店の入口の段差で転んで、脚を骨折、救急搬送され、病院で3ヶ月間入院、そして家に帰って来て、寝たきりの状態……。

食べて寝るだけの生活で太ってしまい、夜、夜中の寝返り介護が、とても大変……と、女将さんが言っていた。

「いま、ベランダで日光浴をしています。でも、さっき見に行ったら、お菓子を食べていました」

「食欲があって、元気で、良かったですね」

「ええ、でも、朝から晩まで、それに夜中も……、もう私一人では無理かも……。先生、でも私、弱音を吐くのはイヤなんです。何とか頑張ります！」

「それはよかった！」

「先生、もしお急ぎでなかったら、一緒にお茶でも……。お菓子もおせんべいもありますから……」

「ありがとう。ご馳走《ちそう》になります……」

母屋《おもや》、別宅《べったく》へと歩いていくと、庭に小高い山があった。

「これは、山ですか？」

「はい。これを上がっていくと、高台に出られるんです」

「この庭が、つながっているのかぁ……」

「先生、上がってみますか？」

「はい」

そして僕は庭の急な道を上がっていった。

すると、上に見えていた高台に出た。

「わーっ、本当に、景色が最高！」

「町が、こんなにもきれいに見える……」

僕はうれしくなった！

そしてネクタイをはずし、ジャケットを脱ぎ、シャツを脱いだ。

僕はスーパーマンの衣装を身につけていた。

そして両手を広げ、高台から、飛んだ。

大空を、自由自在に、飛び回った。

「先生！　先生！　先生はスーパーマンなんですか？」

「はい、そうです」

「それなら、うちの旦那の病気、治してください。お願いします！」

僕はすぐさま、旦那さんの元へ、降りた。

「私の目から、治療光線が出ます。この光線をしっかりと見てください」

「はい、先生！　わかりました！」と、旦那さんは緊張した。

ビィ〜〜〜〜！

旦那さんはミルミル快復し、自分の足で、立って、歩けるようになった。

僕は大きく胸を張った、

「これで任務完了！」

両手を広げ、笑顔で、飛び立った。

「先生、どうもありがとうございます！」

「先生、感謝しています！」


この言葉で、目がさめた。

いい夢を見たなぁ〜。

第五話　あ〜ビックリした！　4月24日

僕はルンルン気分で食事の準備をしていた。

「あっ、あれがない！」

「買いに行かなくちゃ」

僕はスーパーマーケットへ向かって歩いていた。

この時、タスキをかけた若者が走ってきた。

そして、あとから、あとから、次々と、若者が走ってきた。

なにか、とても楽しそうなので、僕も走りたくなった。

次の瞬間、僕は猛スピードで走っていた。そして若者を、一人二人三人と、ごぼう抜き、とうとう先頭に出た。

目の前には、ゴールと書かれた垂れ幕がかかっていた。

「よし、一番だ！」

「僕が優勝だ！」

と思った瞬間、トイレに行きたくなった。

近くにいた人に、「トイレはどこですか？」と尋ねると、

「あそこです」と、教えてくれた。

僕は急いでトイレに入った。

しかし、個室は３つともカギがかかっていた。

「え～～～、なんということだ！」

「どうしよう、どうしよう……、困ったなぁ……」

この時、ドアが少し開いている個室が目に飛び込んできた。

「あっ！」

一番奥のドアを開けると、バケツ・モップ・ほうき、が入っていた。

「なんだ、これじゃ、だめだ！」

「早くしないと、出ちゃう……。困ったなぁ……」

「そうだ！　外で、すればいいんだ」

僕は喜び勇んでトイレを出た。

すると、
大きなライオンが、「腹へった、腹へった！」と言い、
のっし、のっし、と歩いていた。

「え～～～！　なんでライオンがいるの？」

僕は恐怖のため、身体が震えた。

すぐにトイレの中にもどった。

「あーっ、困った……！」

「もう出ちゃう……」

僕は勇気を振り絞って、少しだけ、外に顔を出した。

すると、
ライオンが僕のことを見て、「お前はおいしそうだ！　早く出てこい！」と、大きな口を開けた。

「あーっ、もうダメだ！」

「ライオンに食べられちゃう……」

「でも、オシッコが……」

「神様、助けてください！　お願いします！」

「あ〜〜〜、もう、我慢ができない！」

このとき、救急車のサイレンで目がさめた。

すぐに、トイレへ走った。

「あ〜〜、間に合った！」

「神様、どうもありがとうございます。おかげで助かりました！」

念のため、パジャマと布団を確認した。

「ぬれていなかった！　あー、よかった！」

僕は心底、ホッとした。

第六話　武士道？　4月27日

僕は、NHKのテレビ英会話を見ていた。
この日は前置詞について勉強した。
「at」は、ひとつの地点、場所を……。
「on」は、~に接している、~に接してその上に……。
「in」は、場所や位置で、その中に……。
「for」は、……。
僕はワクワクしながら先生の説明を聞いていた。
この時、
突然、場面が変わり、僕は大きなお城の前にいた。
あたりをキョロキョロしていると、お殿様が出てきた。
「あー、お城の生活は、もうイヤじゃ！」と、僕に話しかけた。
「お殿様は一番偉くて、なんでも思いのままなのに？」
「違うのじゃ　かたくて嫌なのじゃ！」

「かたい？」

「そうじゃ。食べ物が、みな、硬いんじゃよ！」

「へえ〜？」

「余《よ》はお腹が減ったぞよ。其《そ》の方《ほう》、おいしい飯《めし》どころを知っておるか？」

「はい、お殿様。案内いたします」

次の瞬間、
僕とお殿様は、大きなホテルのバイキング会場で、エビやカニ、肉の盛り合わせを、お腹いっぱい、食べていた。

「余は満足じゃ！」

「ははぁー！」


僕はお殿様と、ホテルの庭園を歩いていた……。

「余は、お風呂に入りたいぞよ」

僕は屋上の露天風呂に、案内した。

「気持ちが良いのう……」

「ははぁー！」

この時、横で、男の人がニコニコしながら鼻歌を歌っていた。

お殿様は体でリズムをとりながら、

「その歌は、楽しいのう。なんという歌じゃ？」と尋ねられた。

男の人は、『ドレミのうた』でございます、と答えた。

お殿様は、にっこりと、笑みを輝かせながら、『ドレミのうた』を歌った。

「余は、其の方が気に入ったぞよ。一緒に城に来てくれ！　其の方を右大臣《うだいじん》にしてつかわす」

「ははぁー！」

そしてお殿様とその男の人は、馬に乗り、
お城へと走っていった。

ところが、途中で、馬が帰ってきた。

「俺はもう走らないヒヒーン！」と、長い顔を横に振った。

「お馬さん、いったいどうしたの？」

「お殿様はお金を持っていないんだ。だから俺、もう、走らねーよ！」

「そうかぁ……」

「ヒヒーン！　ヒヒーン！　おれ、疲れたから、ここらへんで、一杯飲みたいよ」

「それなら、あそこの居酒屋へ行こう？　僕がおごってあげる……」

「うれしいヒヒーン！　ありがとヒヒーーン！」

お馬さんと僕は、焼き鳥を食べたり、モツの煮込みを食べたり、お互いの人生を、朝まで、語り合った。

気がつくと、僕は大自然のど真ん中で、ひとり、ポツンと立っていた。

「えっ？　なんだ？」

「何がどうしたんだ？」

「まったくわからない……」

そして、目がさめた。

第七話　本当に夢？①　4月29日

僕は、お花畑で、花を見ていた。

「あーっ、なんてきれいなんだ……」

「ずっと、見ていたい……」

赤や黄色、白やピンク……、僕はお花に囲まれ、心の底からうれしかった。

そして気がつくと、
お花畑で大の字になって寝ていた……。

この時、

「ボンジュール《こんにちは》！」と、フランス語が聞こえた。

「えっ？」

僕は目を開け、あたりを見るが、誰もいなかった。

「僕の空耳か……」

「私のことが見えないの？」と、可愛らしい声がした。

僕は再び体を起こし、あたりをキョロキョロと、見回した。

「セ、モア《私よ》！」と、声がした。

「おかしいなぁ〜。誰だ……？」


僕はお花畑の展望台に上がった。

「あー、きれいだなぁ〜！」

「ここで、ずっと、見ていたい！」

この時、「フフッ……」という笑みを感じた。

「本当に私のことが見えないの？　私はここよ！」と、再び可愛らしい声が聞こえた。

僕はあたりを見回すが、誰もいなかった。

「僕の気のせいか……」

「フフッ……」と、明るく清らかな笑みを感じた。

「えっ、だれ？　どこ？」

「私はいつも、あなたと一緒よ！」

「本当？」

「ええ」

「うれしいなぁ〜」

「私もうれしいわ！」

「これからずっと僕と一緒にいてくれる？」

「ええ、もちろんよ！」

手と手をつなぐと、
透明な彼女の輪郭《りんかく》が、少しずつ、あたたかい色に包み込まれていった。

そして、
僕の目の前に、小柄で、少女のようにあどけない、きらきら輝く美少女が現れた。

「私のこと、見える？」

「うん、はっきりと！」

「私と結婚してくれる？」

「うん！」

互いに目と目を見つめ合い、
キスした。


そして、目がさめた。

「あ〜〜〜〜〜」

この夢の続きが見たい！

第八話　僕はスーパーマン！　4月30日

僕は病院の部屋で寝ていた。

家族や友達がプレゼントをもって、毎日のようにお見舞いに来てくれた。

僕は、とてもうれしかった！

「早く良くなるよ！　来てくれて、どうもありがとう！」

と言い、涙を流す毎日だった。

夜になり、テレビを見ていると、
町のあちこちで、悪人が悪さをしていた……。

「なんということだ！」

「早く助けに行かなければ！」

僕は起き上がり、右手をパッと開くと、何もない空間から魔法の手袋が……。

左手をパッと開くと、空間から魔法の手袋が……。

次に、両手を「エイッ！」と大きく伸ばすと、パジャマ姿が、一瞬にして、スーパーマンの衣装に変わった。

「これでよし！」

マントをなびかせ、病室を出ようとすると、急に電気が消え、真っ暗になった。

「早く助けに行かなければ！」と、
右足を踏み出すと、何か、かたい鉄の塊《かたまり》にぶつかった。

「あーーっ、イタイ！」僕の目から、涙があふれた。

触ってみると、消火器だった。

「早く助けに行かなければ！」

僕は立ち上がり、壁に手を当て注意深く歩いていくと、
手をドアの隙間に挟んでしまった。

「うわーーっ、イタイ、イタイ、イタイ！」

僕は泣きながら立ち上がった。

そして廊下を曲がると、椅子《いす》とテーブルにぶつかり、ころげてしまった。

「あ〜〜っ、イタイ！　あちこち全部イタイ！　骨が折れたかも……」

そして歩くたびに、ころんだり、ぶつかったりした……。

「ハーッ、ハーッ、ハーッ……」

そして、
なんとか病院の玄関ドアにたどり着いた時、身体じゅう、血だらけになっていた。

「う〜〜〜〜〜！　イタイ、イタイ、イタイ！　助けてくれ！」

「でも、僕を待っている人がいる！　頑張らなくちゃ！」

「いま、助けに行きますよ！　待っていてくださいね！」

「よおーし！」と意気込み、僕は玄関ドアを開けた。

そして両手を大空に向け、飛び立とうとした瞬間、
病院の番犬が、牙《きば》をむき出し、猛烈に吠《ほ》えた。

ワンワンワンワンワンワンワンワンワン……！

僕はビックリ！

あわてて病室にもどった。

「あ〜〜〜、怖かった！」

そして布団を顔までかけ、寝たふりをした。


目がさめると、何か変だった……。

「あれ？」

パンツに手をやると、オシッコを、ちびっていた。

第九話　ビックリした!!　5月3日

僕は有名な先生の講演を聞いていた。

場所は小学校の教室。

参加者は立派な身なりの紳士と淑女ばかり……。

みんな真剣に先生の話に耳を傾けていた。

その時、目覚まし時計のブザーが、鳴った！

そして、一向に鳴りやまず、どんどん大きく鳴り続けた。

先生も負けじと、声を精一杯張り上げた。

それでもブザーは、鳴りやまなかった。

先生は、むっとした表情で、あたりを見回すが、ブザーの音は、どんどん大きくなっていくばかりだった。

教室のみんなも、ざわざわ……し始めた。

「いったいどこで鳴っているの？」

「早く止めて！」と。

僕もイライラ！

「いったい誰なんだ？　早く止めてくれ！」

ブザーの音は、相変わらず、大きく大きく鳴り響いた。

僕は、何気なしに、机の中に、手を入れた。

すると、何かが入っていた。

取り出すと、目覚まし時計だった。

「えーーーーーっ！」

僕は、あわててブザーのスイッチをオフにした。

「あ～～～良かった！」と、ホッとしたが、
ブザーは、鳴り続けた！

僕は焦った！

どうしたら良いのか分からず、思わず、時計を床にたたきつけた。

目覚まし時計は、粉々になった。

それでも、ブザーの音は、鳴り続けた。

「え～～～っ！」

「なんで？」

「神様、助けてください、お願いします！」

第九話　ビックリした!!

この時、パッと目がさめた。
しかし、目覚まし時計のブザーは、大きく鳴っていた……。
僕の枕元で。

第十話　なんとも疲れる夢だった！　５月４日

僕はフランスの大学生。

学生レストランは、３つあり、町のレストラン、郊外のレストラン、山のレストラン。そしてそれぞれ個性があった。

町のレストランは大きく、メニューも豊富！　サラダもデザートもボリューム満点で、おいしかった。しかし、いつも多くの学生で、混んでいた。

郊外のレストランは、バスが行きかう便利なレストラン。しかし、メニューはサンドイッチとスープだけの、クイック・レストランだった。

山のレストランは、一流シェフの作る、本格フランス料理のフルコースが味わえる高級レストランだった。しかし、山の中で、バスの終点から30分以上歩かなければならなかった。

食事は、どのレストランも、食券１枚で味わえるので、その日の講義やお腹の具合いで選んでいた。

ある日、僕は町のレストランへと歩いていった。

すると、多くの学生がレストランの外まで、列を作って並んでいた。

「これじゃ、むりだ……」

仕方ないのでバスに乗って、郊外のレストランへ行った。

中に入ると、係の人が、「もう終わりです！」と、一言！

僕はガッカリしたが、山のレストランで本格フランス料理を食べるぞ！

と思うと、急に元気になった。

すぐにバスに乗り、山のレストランへ向かった。

バス停から山道を上がっていくと、雪が降り出した。

風も強く、飛ばされそうになった。

「あ～、これは吹雪だ……」

僕の身体は、まるで氷のように、冷たくなっていった。

「あ～、寒い！　本当に凍ってしまう……」

「それに、お腹がペコペコだ」

「もう、あと少し！」

「ガンバレ！　ガンバレ！」と、心の中でつぶやいた。

なんとか、山のレストランに着いた……。

が、門は閉まり、本日休業、と張り紙が貼ってあった。

「あ～、せっかくここまで来たのに……」

僕はガッカリ……、

「あ～、もうダメだ……」

あまりの寒さと空腹で、目まいがして倒れた。

次の瞬間、僕は宇宙を飛んでいた。

そして
「食べるぞー！」

「食べるぞー！」と言いながら、
星から星へ、レストランめぐりをした。

もう、お腹いっぱい！

「あ～、おいしかった！」

ニコニコしながら、目がさめた。

第十一話　えっ、本当？　5月4日

僕はアパートで、ひとり暮らしをしていた。

部屋を片付けていると、大家さんがやって来た。

そして、食べものを、いっぱいくれた。

大家さんは、とても親切で、
とんかつ、コロッケ、カレーライスを作って、ちょくちょく、持ってきてくれる……。

「大家さん、いつも、ありがとうございます」

「いやいや……。こんなに車が多く、騒がしい所を借りてくれて、こちらこそ、どうもありがとう。これからも、おいしいものを持ってくるよ！」

と言い、大家さんは帰っていった。

僕は大家さんからのプレゼント（とんかつとカレーライス）を食べていると、
ふわふわ……と、見知らぬ人が現れ、エプロンをして、部屋の片づけを始めた。

そして、掃除も洗濯も、してくれた。

「この人は、いったい誰？」

「なんで僕の部屋にいるの？」

「わからない……」

僕はトイレに行きたくなったが、この人を部屋に残して出るわけにもいかない……。

「あーっ、こまった！」

その人は相変わらず、部屋の中を、きれいに掃除したり、片づけたり……。

「この人は、いったい、誰？」

僕は勇気をふりしぼって尋ねた。

「あのぉ、ここで、何をしているんですか？　それに、あなたは誰ですか？」と。

すると、その人は顔を上げ、にっこり微笑んだ。

「私、あなたの奥さんです！」と。

「え～～～」

僕はビックリ仰天！

目がさめた。

第十二話　愛こそすべて！　５月５日

僕は愛する奥さんと、毎日、幸せな日々を送っていた。
僕の望みは、何もない！
ただ、愛する奥さんと、一緒にいたいだけだ……。
家内も、うれしそうに……、毎日が、最高に幸せな日々が続いた。
ある日、家内と旅行に行った。
楽しい観光を終え、夕方、ホテルの部屋に入った。
すると急に家内が、
「足が痛い！　足が痛い！」と言い、涙を流した。
僕は家内の足をマッサージしたり、もんだり、ストレッチしたり……、
それでも家内は「痛い、痛い！」と、言うだけだった。
僕は一心不乱になって、薬を探し回った。
少しして、テレビの下に、湿布薬を見つけた。
「あった！　あった！」と、大喜びした。

すぐに、
家内の足に、貼ってあげた……。

すると家内は、

「え～～、うそみたい！」

「もう、全然痛くないわ！」と笑みを取り戻した。

僕もうれしくなった……。

「よかった！　でも、また痛くなったら、こんどは、おんぶしてあげるね」と、やさしく、妻を見た。

妻は笑みをピカピカに輝かせ、

「愛しているわ！　一生、一緒よ！」と言い、キスしてくれた。

「あ～～～、愛は偉大だなぁ～」と、つくづく思った。

第十三話　そうだ！　５月６日

僕は歯科医院で、順番を待っていた……。

そして、内心、ビクビクしていた。

「次の人、入ってください！」と、先生の声。

「はい！」と返事をし、中へ入った。

僕が椅子に座ったとたん、
先生は「削りますよ！」と言い、グラインダーのスイッチを入れた。

キィーン、キィーン、キィーン！　と、かん高い音がした。

僕の心臓は、キリキリ、ピリピリ……と、痛くなった。

「先生、待ってください！」

「どうしましたか？」

「……、僕の歯、悪いんですか？　どこが悪いんですか？」

「はっはっはっ……。虫歯がいっぱい！　それに歯周病も……」

「ええーっ、そんなに悪いんですか？」

「その通り！　早く治療をしなければ……」

と言い、先生は右手にグラインダーを、左手に麻酔の注射器を手にした。

「さあ、これから、治療をしますよ」と、先生は意気込んだ。

「先生、待ってください！　僕、歯を削るのも、注射も、怖いんです」

「でも、治療をしないと、さらに悪くなり、最後は全部抜くことになりますよ」

「イヤだ！　先生、注射もなし、削ることもなし、で、お願いします！」

「それは、むずかしいなぁ……」

と言い、先生は再び、右手にグラインダーを、左手に麻酔の注射器を手にした。

僕の胸は、ハラハラドキドキ……と、大きく波打った！

「あっ、先生！　僕、急用を思い出したので、帰らせてください……」と言い、僕は歯医者さんを出た。


この時、パッと目がさめた。

そういえば、この2～3年、歯医者さんに行っていない。明日、歯医者さんに行ってみよう！

第十四話　未来はいいなぁ～　　5月7日

夏の暑い日、僕は海の家に行った。

そこは、豪華なホテルのように、大きく、立派だった。

「まさに、絢爛豪華！」

僕はドキドキしながら、右を見たり左を見たりして、歩いていた……。

そして、円形のロビーで受付を済ませた。

この時、アナウンスがあった。

「本日は、ようこそいらっしゃいました！　……。それではごゆるりと、お過ごしくださいませ」

僕は、横のコーナーへ入った。すると、係の人が、釣竿をくれた。

すぐに釣りに行くと、すごい引きで、魚がかかった！

「よし、釣れた！」と、にっこりすると、
大きな魚が空中で、笑った。

「よう、兄貴！　元気かい？」と。

「えっ？　魚がしゃべるの？」僕はビックリした。

すぐに次のあたりがあった。

「あっ、これも大きい！」

僕は釣竿を思いっきりひいた。

すると、タコが踊っていた……。

「あー、これが有名なタコ踊りかぁ……」

僕はその横の、岩場のコーナーへ行った。

「えっ、なんだ？」

ゴツゴツとした岩場に、ウニがいっぱい！

それに、ウニがスカート、ズボンをはき、手をつないで、踊っていた。

「ウニも、踊るのかぁ……」

僕はきょとんとした！

この時、ロビーの真ん中で、人がざわざわしていた。

よく見ると、砂場から大きなアサリ（アンパンやメロンパンのように大きなアサリ）が出てきて、

「あー、暑い！　暑い！」

と言い、貝殻を脱いだ。そしてイチゴのかき氷を食べ始めた。

第十四話　未来はいいなぁ～

「へえ～～、アサリも、かき氷を食べるのかぁ……？」
僕は自分の頭が、分からなくなった。
この時、「出発しますので急いでください！」と、アナウンスがあった。
僕は急いで、救命ボートに乗った。
その瞬間、ビューッと、ボートは空を飛んだ。
そして、超高速で、宇宙を、飛び回った。

目がさめると、
まるで、魔法の国から帰ってきたかのように、フワフワと、気持ち良かった！

第十五話　白熱した夢　5月8日

私の愛する奥さんは、『南京玉《なんきん》すだれ』が好きで、大道芸研究会で、日々、勉強と練習に励んでいた。

毎月、一回、例会があり……。

その時の夢を見た。

例会の会場に入ると、マリちゃんが、にこにこして迎えてくれた。

「私、今日、『腹話術』と、『バナナのたたき売り』をするの。バナナをいっぱい買ってね！」

そして、『バナナのたたき売り』が始まった。

「台湾産の、おいしい美味しい、バナナだよ！　５００円でも安いが、今日は特別に３００円！　ええい！　清水の舞台から飛び降りたつもりで、２００円だ！」

「買った！　買った！」と言い、おいしそうなバナナを手に、私の奥さんは笑みを輝かせた。

　次は『ガマの油売り』……。

「ここにあるのは筑波山のふもとでとれた、不思議な、不思議な『ガマの油』だよ。どんな病気も、この『ガマの油』をつければ、あっという間に、治る！　切り傷なんかも、あっという間に治るんだ。さあ、お立合いの皆さん！　ここに真剣、木刀や竹刀でなく本当の刀がある、なんでも切れる、正宗《まさむね》の真剣だよ。さあ、お立合い！」

　と言い、新聞紙を切った。

「2枚が4枚！　4枚が8枚！　8枚が16枚！　ご覧の通り！　すごい切れ味。さあ、お立合い！　いまから、この真剣で、私の腕を、切る！　でも、大丈夫！　ここに不思議な『ガマの油』がある」

　と言い、大魔王さんは、ガマの油を、腕に塗った。そして、刀で腕を切った。

　しかし、腕は、まったく切れていなかった。それに、血も、出ていなかった。

　みんなから、いっせいに拍手が起こった。

　この時、女性二人と男性が入ってきた。

「今日、新しい新人さんが、三人、大道芸研究会に入りました。皆さーん、よろしくお願いしますね！」とマリちゃんのさわやかな声が、会場に花咲いた。

「それでは、入会の動機を聞きたいと思います」

ワンピース姿の女性は、「私、『南京玉すだれ』をやってみたくて、入会しました。よろしくお願いします！」と、礼をした。

もう一人の女性も、『南京玉すだれ』をやってみたくて、入会しました。よろしくお願いします！」と、礼をした。

つぎに、男の人が
「僕は定年退職をして、毎日、家で時間を持て余しています。何かしないといけないな、と思っていたところ、先日、美しい女性が駅前広場で『南京玉すだれ』をやっていて……一目惚れしました。まさに、僕の憧れの女性です。（そう言い、私の奥さんを見つめた……）こんなに美しい人と一緒にいられるなら……と思い、入会しました。これから時間はいっぱいあります。頑張って『南京玉すだれ』を練習したいと思っています。ご指導のほど、よろしくお願いいたします！　最後に、僕は独身です。もし良かったら、僕と結婚してください！」と、深々と、頭を下げた。

「えっ？」

「えっ！」

「ええ～～？」と、

会場からどよめきが上がった。

マリちゃんは、一言、「残念でした！」と、言った。

男の人は、すぐに「え、なんで？　僕は独身で、お金もあります。これから交際して、そして結婚。幸せな家庭を持つのが僕の夢なんです。僕はこの美しい人と、一生、一緒にいたいんです！」と、声を張り上げた。

マリちゃんは、「あの美人さんは、すでに、結婚しています。横にいる方が、旦那さんです」と、微笑んだ。

すると、男の人の顔は、みるみる、こわばり……、とうとう、顔が引きつった。

「僕はもう、入会を止めます！　帰らせてもらいます！」と言い、席を立った。

男の人が帰った後、席を見ると、座布団《ざぶとん》の上に、

『南京玉すだれの先生へ！』と書かれたプレゼントが置いてあった。


あ～胸が熱くなった！

第十六話　魚さん、ごめんね！　5月12日

大雨にも負けず、高波にも負けず、僕は、大海原《おおうなばら》を泳いでいた。

この時、小鳥さんがやって来た。

「すごい根性で泳いでいますね！　いったい、どこへ行くんですか？」

僕は小鳥さんを見ながら、

「アメリカに行きたいんです」と答えた。

すると小鳥さんは、

「とても遠いですよ。頑張ってくださいね！」と、羽を振ってくれた。


少しすると、魚さんが泳いできた。

「お兄ちゃん、お兄ちゃん！　どこへ行くの？」と、笑みを輝かせた。

僕は、思わずにっこり、心が温かくなった。

「遠い遠い、アメリカへ行きます」

魚さんは、ぐるっと回って、僕を背中にのせた。

「私も一人で泳いでいるの。もし良かったら、私の家に来ない？」

「え？　いいの？」

「ええ、いいわよ」

そして僕は、魚さんの家に行った。

そこは、まるで竜宮城のように、素敵なところだった。

お父さん、お母さん、それに兄弟姉妹、みんなに大歓迎され、素晴らしいひと時を過ごした。

帰るとき、魚さんが言った。

「この海を、まっすぐに行くのよ。そうすれば、アメリカへ行くわ。決して、右や左に行かないでね」

「うん、わかった！　どうもありがとう！」と言い、僕は再び泳ぎ始めた。


何日も何日も泳ぎ続けた……。

すると、雨風が強くなり、波にのまれることもあった。

それでも僕は根性で泳いだ！

気がつくと、お日様が輝き、風も波も穏やかになっていた。

この時、『アメリカへの近道は、こっち⇒』と、矢印があり、その横にボートがぷかぷかと、浮いていた。

僕はすぐにボートに乗り込み、矢印に従い、漕《こ》ぎはじめた。

何日も何日も、必死に漕いでいると、陸が見えた。

「あ、やった！　アメリカだ！」

「僕はとうとう、アメリカに来たんだ！」

「バンザイ！　バンザイ！」

僕は大喜びした。

そして、陸に、上がった。

「なにか、見覚えがある……」

「えっ？」

「そう、ここは、ジャングル！」

「僕がいたジャングルだ！」


僕はジャングルに迷い込み、何日も何日も抜け出すことができず、さ迷い続けていた。そして、やっとのことで、ジャングルを抜け出し、海岸へと出た。そして、アメリカへ向かって、泳いでいたんだ……。途中、ボートに乗り、矢印の方向へと進んだ。そして、再び、ジャングルに、戻ってしまったんだ。あ〜〜、なんということだ！　あの時、魚さんが教えてくれた通りに、まっすぐ、進んでいれば……、僕は今頃、アメリカに……。

「ああ、なんということだ！」

僕は心の底から、泣いた。

「魚さん、ごめんね！」

第十七話　家族　5月13日

僕は実家のスーパーマーケットで、毎日楽しく働いていた。

両親も、僕のお嫁さん（ミーちゃん）も、仲良く、元気良く、働いていた。

明日は、お店が休みなので、温泉旅行に行くことになった。

「俺は母さんと一緒に、ゆっくり、のんびりしたいよ」と、父が口を開いた。

「あなた達は？」と、母が温かい眼差《まなざ》しで尋ねた。

「僕は、どうしようか？」

「私は、釣《つ》りがしたいわ！」と、ミーちゃんは大きな魚を釣っている動作をした。

「アハハ……」

「フフフッ……」

お父さんも、お母さんも、笑った。


旅行の準備をし、電車に乗っていた。

お弁当を食べたり、話したり、景色を見たり……、とても楽しかった。

駅に着くと、旅館の車が待っていた。

乗り込むと、びゅっと、ひとっ飛び！

あっという間に温泉旅館に着いた。

両親は、さっそく温泉大浴場へ……。

僕とミーちゃんは、町を散策し、海釣りをしていた。

「私、こんなに釣ったわよ！」と、ミーちゃんはにっこり微笑んだ。

「すごい！　僕のお嫁さんは釣りの天才！」

「フフッ……。ところで、あなたは？」

「僕は……、えさの虫が怖いから……」と言い、下を向いた。

ミーちゃんは、大爆笑だった！

「さあ、これから帰って、夕食ね！　きっと、お父さんもお母さんも、喜ぶわよ！」と、
ミーちゃんは清らかな笑みを輝かせた。

「よいしょ！　よいしょ！」と、僕は胸を張って、自慢げに魚を運んだ。

温泉旅館で、とれたての魚を料理してもらい、
おいしく、楽しく、いっぱい食べた。


翌日、荷物をまとめて帰ることになった。

そして、お墓参りをした。
「今日は、お祖父ちゃんの命日！」
花屋さんで、特別きれいで、特別豪華な花を買い、
酒屋さんで、おじいちゃんの好きなお酒を買った。
そして
お寺のご住職にあいさつし、お線香をいただいた。
お墓をきれいに掃除し、ピカピカに磨き上げた。
お花とお酒を供え、
「ナムナムナム……」と、手を合わせた。
僕は、家族全員の幸せと長生きを、お祈りした。

「おじいちゃん、おばあちゃん、また来るからね！」

と言い、荷物をまとめ、帰ろうとした。

しかし、父と母は、その場を離れなかった。

「あれ？　どうしたの？」と、声をかけると、

「私とお父さんは、ここに……」と、母は優しい目をした。

「え？　なんで？」

第十七話　家族

「私とお父さんの家は、ここなの」と、母がほほ笑んだ。

次の瞬間、母も父も、お墓の中へ、吸い込まれていった。

「二人とも、仲良く、元気でね……」という、母の声が聞こえた。

僕はビックリ、飛び起きてしまった。

「こんなことがあるの？」

第十八話　楽しい音楽会　5月14日

僕はコンサート会場で、名曲を、鑑賞していた。

「さすがプロ！　実に素晴らしい演奏だ！」

第一部が終わり、幕が下りた。

僕はうれしくなり、横に置いておいた、お弁当を食べた。

「あっ、このお弁当も美味しい！　よかった！」

会場に、ブザーの音が響いた。

「あっ、休憩が終わって、これから第二部だ……」

僕は期待に胸をふくらませた。

そして、幕が上がった……。

「えっ、うそでしょ！」

なんと、目の前には、昆虫と動物の音楽隊が見えた。

「これは絶対にうそだ！　ありえない！」

僕は目を閉じ、心を落ち着かせた……。

しかし、薄目を開けると、やっぱり、虫と動物の音楽隊が見えた。

僕は頭をかかえ、両手で、目をおおった。

この時、動物の鳴き声が聞こえた。

目を開けると、アヒルが、マイクを持ち、歌っていた。

それに、カエルが手をつなぎ、踊っていた。

馬は、ステージを、「ヒヒーン！　ヒヒーン！」と鳴きながら、ぐるぐると、駆け回っていた。

その蹄《ひづめ》の音が、パカパカ、カタカタ……と、
とても軽快で心地よかった。

その内に、カエルが歌いだした。

「ケロロケロロケロロケロ……」

曲が終わり、みんなから一斉に拍手が起こった。

「ブイブイブイ！　ブイブイブイ！　素晴らしかったよ！」

「メ〜！　メ〜！　すごく良かったよ！」

「コケコッコー！　最高だったわ！」と。

豚さんも、羊さんも、ニワトリさんも、大喜びだった。

みんなからの拍手と歓声は止まなかった……。

この時、ひときわ大きな、唸《うな》り声が聞こえた！

「ガオー！　ガオー！　おまえのこと、食べちゃうぞ！」と。

横を見ると、百獣の王、ライオンがいた！

「え〜〜〜！」

「うそでしょう！」

僕は一目散に、逃げた！

ところが、会場のドアは、どれも、みな、閉《し》まっていた。

「えーーーっ、なんで？」

この時、ライオンが、突進してきた。

「ああー！　もうダメだ！　神様、助けてください！」

僕は両手を組み、必死に、お願いした。

ライオンは椅子《いす》を飛び越え、大きな口を開け、さらにジャンプして、襲いかかってきた。

僕は「もうダメだ！　これでおしまいだ！」と思った、
その瞬間、
ライオンは、小さな小さな子猫になっていた。

そして、

「ニャ〜、ニャ〜！」と、とても可愛かった！

僕は思わず、子猫を、抱きしめた！
次の瞬間、子猫は僕の指を「ガブッ！」と噛んだ。
「う〜〜、痛い！」
僕の目から涙があふれた。
子猫を見ると、顔がライオンだった！
「え〜〜〜、なんということだ！」
僕は慌《あわ》てて、逃げた！
会場のドアは、相変わらず、すべて、閉まっていた。
この時、事務所のドアが開いていた。
中は、イスとテーブルがぎっしりと、積まれていた。
僕は必死だった！
そして両手を広げ、頭から飛び込んだ！
ドカーン！
バタバタ……！
カッチーン！
この音で、目がさめた。
なんとも楽しい音楽会だった！

第十九話　やったー！　5月15日

僕は車いすに乗って、バスケットボールをしていた。

ここは、大きなリハビリ施設……。


僕は、山を登っていて、足を滑らせ、転落した。

両足を骨折、救急車で、病院へ……。

気がつくと、この大きなリハビリ施設で、バスケットボールをしていた。

僕がシュートを決めると、

「ナイス・プレイ！」

「すごい！」

「やったね！」

と、まわりの仲間が笑顔で祝福してくれた。

この日の練習を終え、みな、食堂で夕ご飯を食べながら、シュートの仕方や、ドリブル、パスについて、それに車いすの、コーナリングや、手の使い方、体重のかけ方など……。いつものように、楽しく話していた。

「明日も頑張ろう！」

「リハビリも、頑張ろう！」

「エイエイオー！」と、両手を上げた。

みんな、元気いっぱい、はつらつとした顔をしていた。


次の日も、次の日も、バスケットボールとリハビリの日々が続いた。

身体も徐々に回復し、社会復帰を目指して、部屋で勉強する日も増えていった。

ある日の夕食後、みんなと、いつものように話していた……。

「おまえ、この先は、どうするんだ？」と、仲間から尋ねられた。

「僕は、この施設が気に入っている！　みんな、親切だし……。住み心地もいい！　それに、食事もおいしい！　できたら、ここで、働きたい……」

「車いす、なしで、歩けるのか？　働けるのか？」

「毎日、リハビリを一生懸命やっているし……。それに、寝る前に、歩く練習をしている……」

「えっ、本当か？」

「うん。廊下の手すりをつかみながら、少しずつ、少しずつ、歩いている……」

「本当に本当か？」

「うん、……」と言い、僕は車いすから立ち上がろうとした。

「おい、よせよ！　今のは冗談で言ったんだ」

「僕、歩いてみる！」

と言い、両手両足に力を入れ、車いすから立ち上がった。

足はふらつくことなく、しっかりと、立つことができた。

「おい、やめろよ！　ころんだら、大変だ！」

僕は右足を、一歩、踏み出した。そして、左足も、踏み出した。

その瞬間、みんなから、

「すごい！」

「やったね！」

「おめでとう！」と、拍手が起こった。

「僕、できたんだ……」

急に、胸が熱くなった！

この時、食堂の後ろにいた理事長が、

笑顔で、僕の前に、やって来た。

「君はリハビリを頑張っている人の鏡だ！　毎日、廊下の手すりを使い、歩く練習をしているのを、私は知っているよ。いつも、陰ながら、君を応援している……」

「ありがとうございます！」

「明日から早速、この施設で働いて欲しい、スタッフの一員として！」

「はい、喜んで！」

「それに、リハビリについて、いろいろと指導してほしい」

「はい、頑張ります！」

理事長はニコニコしながらジャケットの内ポケットから、

「これは、私の気持ちだ」と言い、お祝いと書かれた『のし袋』を取り出した。

「どうもありがとうございます！」と、僕はありがたくいただいた。

中にはお金が入っていた。

「うわー、やったー！　やったー！」

目がさめると、
僕の心は、幸せにつつまれていた。

第二十話　神様のいたずら？　5月17日

僕は愛する奥さん（ミーちゃん）と、旅行に行った。
観光も良かったし、食事も良かった。
同じツアーの人と話すようになった。
翌日も、同じツアーの人と話していた。
その夜、温泉大浴場から戻って来ると……、
家内は、同じツアーの男の人と、楽しそうに話していた……。
この時、
「キャー！　助けて！」と、家内の叫び声が響いた。
ふり向くと、その男は無理やり、家内を抱きしめようとしていた！
「あっ、なんということだ！」
僕は席を立ち、助けに行こうとすると、
僕の横にいた女の人が、
「だめよ！　あなたは私の人！」と言い、僕の手を引いた。

「そんなこと言っている暇はないんだ！　あの男が僕の奥さんに……。早く助けに行かなくちゃ！」と言い、手を押し返した。

すると、女の人は僕のことを、怪《あや》しい眼差《まなざ》しで見つめた……。

「あの男の人は私の夫、旦那なの」

「えっ？　どういうこと？」

「私は、あなたの女よ！」

「よけい、わからなくなった……」

「わからなくていいの。男と女は、いつも、わからないの。フフッ……」

「わからないけど、わかった！」

「それでいいの！」と言い、女の人は僕を抱きしめようとした。

「え〜、ダメだ！　絶対にダメ！」僕はもがいた……。

「これでいいのよ！」と言い、キスしようとした。

「ダメだ、絶対にダメ！　早く助けに行かなくちゃ！」

僕は立ち上がり、空中を飛んだ。

この瞬間、目がさめた。

朝4時57分だった。

横を見ると、

僕の愛する奥さんは、幸せいっぱいの顔をして寝ていた。

「あ〜良かった！」

僕はホッと、胸をなで下ろした。

第二十一話　不思議な夢　５月18日

僕はキッチンで、頭を洗い、身体を拭いていた……。

白いタオルは、あっという間に、真っ黒になった。

「あれ？　なんで？」

僕は再び、白いタオルで、身体をふいた。

白いタオルは、あっという間に、真っ黒になった。

「なんで？」

僕は、身体が汚れていると思い、石鹸で、身体を洗った。

すると、石鹸の泡が、真っ黒になった。

「え〜〜〜！」

僕はシャンプーで、髪を洗った。

すすいでいると、黒い水が流れてきた。

あわててタオルでふくと、タオルが真っ黒になった。

「おかしい！　これは絶対に、おかしい！」

僕はモヤモヤしながら、部屋の中を歩き回った。
すると、部屋の壁が、黒くなった。
その内に、すべての壁が、真っ黒になった！
部屋の明かりも、真っ黒！
外も、真っ黒！
助けを呼ぼうと電話をかけると、電話も、真っ黒になっていた！
「いったい、何がどうなっているんだ？」
そして、すべてが真っ黒になってしまった！
僕は暗黒の中を、さ迷い続けた。
次の瞬間、明るい光が差し込んだ。
僕は暗黒の世界から解放され、地上の世界に帰ってきた。
「あ〜、こわかった！」

第二十二話　なんだ、こりゃ？②　5月19日

僕は気持ちよく、空を飛んでいた……。

ふと、目を下に向けると、男の人同士、ケンカしていた。

僕はすぐに急降下した。

そして、尋ねた。

「いったい、どうしたんですか？」と。

「こいつが、俺のことを、殴ったんだ！」と、男の人は興奮して言った。

すると、もう一人の男が、

「ちがう！　お前が先に、殴ったんだ！」と、胸ぐらをつかんだ。

「まあまあ、お2人さん、冷静に！　冷静に！」

「ふざけるな！　お前はいったい誰なんだ？」

「僕は正義の味方、スーパーマンです」

「スーパーマン？　それなら、サインしてください！」

「俺にも、サインしてください！」

と、２人ともにっこり笑顔になった。

僕は、色紙を取り出し、サインした。

「ところで、ケンカの原因は何ですか？」

「そんなこと、知るか！　このバカが、突然、殴ってきたんだ！」

「ふざけるな！　お前が、殴ってきたんだ！」

「まあまあ、お２人さん……」と言い、僕はサイン入りの色紙を、あげた。

２人とも、にっこり、大喜びだった。

その時、ピストルを持ったギャングが、銀行強盗！　７人から８人、大通りを、逃げている……、と連絡があった。

「僕はスーパーマン！　あいつらを、捕まえないと……」

ケンカしていた２人は、ニコニコ顔で、

「スーパーマン、がんばってください！」と言い、手を振った。

僕は両手を広げ、大空へ、飛び立った！

しかし……。

「あれ……？」

「おかしいなぁ〜？」

「僕は一体、何をするんだっけ？」

第二十二話　なんだ、こりゃ？②

「わからない……」

「思い出せない……」

そういえば、最近……、

『わからない！』

『できない！』

『思い出せない！』の、毎日だった。

「えっ、僕は認知症？」

「こまった、こまった！」

「早く、病院に、行かなくちゃ！」


そして、目がさめた！

「なんということだ！」

第二十三話　夢のデート　5月20日

僕は、笑顔の素敵な女性と、歩いていた……。
お互いのことを話したり、見つめ合ったりしていると、
分岐点《ぶんきてん》と書かれた立て看板があった。
左は『欲』と書かれ、大きく立派な道。
右は『花』と書かれ、お花が、いっぱいの道だった。
僕は右の道を、進んだ。
少しすると、また、分岐点と書かれた立て看板があった。
左は、『美しい』と書かれ、
右は、『清らか』と書かれていた。
僕は右の道を、進んだ。
少しすると、また、分岐点と書かれた立て看板があった。
左は、『大金持ち』と書かれ、
右は、『質素《しっそ》だけど』と書かれていた。

僕は右の道を、進んだ。


歩いていると、大自然の中に、小さな可愛らしい家を見つけた。

そこは、お花がいっぱい！

そして、
笑顔の素敵な女性が、にっこり、微笑んでいた……。

僕の胸は急にドキドキした。

「やっぱり、あなたが、僕の奥さんですね？」

「はい！」

彼女は最高の笑みを輝かせた。

そして今、
僕は愛する女性と結婚し、質素だけど、幸せな毎日を送っている……。

第二十四話　やっと見つけた幸せ！　5月21日

僕は『本の虫』である。

本が大好きで、毎日、本ばかり、食べている。

特に好きなのが、古代ギリシャ哲学、ソクラテス、プラトン、アリストテレス。

今日は、隣に住む『辞書の虫』と、
コーヒーを飲みながら討論することになっている。
『辞書の虫』は、むずかしい言葉が大好きで、
毎日、専門用語や難解な言葉を、お腹いっぱい、食べている。

この日、『幸せになる方法』について、話し合っていた……。

「やっぱり、お金持ちになることだ！」

「いや違う！　すてきな奥さんをもらうことだ！」

「お金が大事！」

「いや、すてきな奥さんだ！」

お互い、活発に、議論していた……。

そして、
日が暮れ、夜になり、朝になった。

「あ～～～疲れた！」

「本当に疲れた！」

朝ご飯を食べた後、
本の虫と辞書の虫は、再び、話し合っていた……。
その次の日も、
その次の日も、
食べて、討論する日々が続いた。

本の虫は、本をお腹いっぱい食べ、どんどん大きくなった。

辞書の虫も、辞書をお腹いっぱい食べ、どんどん大きくなった。

そして2人は、町を見下ろすほどの、巨大な怪獣になった。

今日も町の中心地で、高層ビルを壊しながら戦っていた……。

「どうしたら、お金持ちになれるか、知っているか？」と本の虫が尋ねた。

「そんなこと、知るかー!!」と、辞書の虫が怒った。

そして2人は、取っ組み合いのケンカをした。


2人はぐったりして、お互いを見た。

「いつまで討論しても戦っても、答えが出ない！」

「もう、やめよう！」

「そうだ、もう、寝よう！」

「賛成、大賛成！」

そして2人は家に帰り、
ガァー、ガァー！
ゴー、ゴー！
と、大きなイビキをかき、
鼻風船をふくらませ、
幸せな顔をして、寝ていた。

第二十五話　これが人生？　5月26日

僕は山の頂上で、景色を楽しんでいた。
あたり一面、桜の花で、満開だった。
花を見ながら、飲んだり、食べたりしていると、雨が降ってきた。
「痛い！」
「痛い！」
「なんだ？」と、よく見ると、
雨ではなく、お金だった！
僕はうれしくなり、風呂敷を広げ、いっぱい、お金を集めた。
「これで僕は億万長者だ！」と、
思った瞬間、僕はネコになっていた。
僕を飼っているご主人様は、心優しいカップル！
いつも僕を大切に、そして、おいしいステーキをいっぱいくれた。
僕は毎日、自由気ままに、

何不自由なく、のんびり、ゆっくり、暮らしていた。

とても満足だった。


ある日、ご主人様は、窓を開け、僕を、放り投げた。

「えっ、なぜ？」

僕は悲しい気持ちで公園を歩いていると、
野良猫《のら》が僕の足を噛んだ。

「イタ〜〜イ！」

あわてて逃げると、今度は野良犬に、追いかけられた。

気がつくと、
僕は何もない道を、歩いていた。

「ここは、いったいどこなんだ？」

「なんで、ここを歩いているんだ？」

右を見ても、左を見ても、何もない、世界だった。

僕は生きるために、必死に、ごみ箱をあさった。

その内に、ごみ箱を見つけると、うれしくなり、飛んでいった。

第二十五話　これが人生？

歩いていると、雪が降ってきた。
風も強くなり、立っていられなくなった。
来る日も、来る日も、猛吹雪で、
僕は食べ物にありつけず、空腹で、餓死しそうだった。
そして、ついには倒れてしまった。

僕は病院のベッドで、生きるか死ぬかの境《さかい》を、さ迷っていた。

この時、病室に、雪が降ってきた。

「えっ？」

そして、猛吹雪になった！

「なんということだ！　凍え死ぬ……！」

僕は身動き一つできず、
このまま、最後を、迎えようとしていた。

「あ〜〜〜〜！」

次の瞬間、
僕は、パッと、目がさめた。

両手をぎゅっと握りしめ、顔には汗がにじんでいた。
僕は深い深い、人生の旅を、経験した！

第二十六話　なんだ、こりゃ？③　5月27日

僕は愛する妻と、ヨーロッパ旅行に出かけた……。
空港から飛行機に乗ると、その飛行機は墜落《ついらく》した。
運良く僕も妻も、助かった！
翌日、
僕は愛する妻と、船に乗って、出発した。
目的地は、フランスのニース！
しかし、
その船は、すぐに、沈没《ちんぼつ》した。

その翌日、
僕は愛する妻と、電車に乗った。
目的地はフランスのパリ！
しかし、いつまで乗っても、パリにつかなかった。

その電車は、山手線だった。

その翌日、
僕は愛する妻と、自転車に乗っていた。
目的地は、フランスのパリ！
しかし、自転車は、すぐに、パンクした！

その翌日、
僕と妻は、タクシーに、乗っていた。
目的地は、フランスのパリ！
しかし、タクシーは、すぐに、ガス欠。
運よく、次のタクシーが通りかかった。
乗ったとたんに、交通事故を起こし、
僕と妻は、病院に運ばれた。

その翌月、
僕と妻は、歩いていた。

目的地は、フランスのパリ！
手をつないで歩いていると、大きな穴に、おっこった。
2人とも、両脚を骨折した！
すぐに救急車で運ばれた。
僕と妻は病室で、お互いの手を握りしめ、
見つめ合っていた……。

この時、パッと目がさめた！

すると妻が心配そうに僕を見つめていた……。

僕は愛する妻に笑顔で言った、

「足が治ったら、今度こそ、行くよ！」と。

妻は、

「足が治ったら……？　どこへ行くの？」と、不思議な顔をした。

「もちろん、フランスのパリ!!」

「あなた、また夢を見たのね……。いいわ、あなたとどこまでも一緒に行くわ！」と、ピカピカの笑みを輝かせた。

第二十七話　愛と夢　5月28日

僕は宇宙警察の隊員、この日も宇宙をパトロールしていた。
いつもは暗く、静かな星が、
この日に限って、
明るく、にぎやかだった。
僕はすぐに、その星に降りた。
浴衣《ゆかた》を着た女の子が、いっぱい……。
みんな、輪になって、踊っていた……。
僕は少しの間、見ていた。
すると、可愛らしい女の子が、にっこりした！
僕は内心、ドキッとした！
よく見ると、その女の子は、僕の奥さんに、似ていた……。

僕は再び、宇宙パトロールに、飛んだ。

お腹がすいたので、近くの星に、降りた。
そしてレストランで、お腹いっぱい食べた。
「おいしかったよ！」と言い、お店を出ると、
少女のように清らかな女の子が歩いていた……。
「うわぁー、なんて、可愛いんだ！」
そしてよく見ると、僕の奥さんに、そっくりだった……。

僕は再び、宇宙を飛んでいた。

その内に、道が、わからなくなった。

近くに、観光案内所があり、すぐに入って、尋ねた。

係の女性は親切で、笑顔の素敵な女性だった……。

「うわぁー、なんて、美人なんだ！」

よく見ると、僕の奥さん、だった！

「え～～～～！」

僕は、びっくり！

心臓がドキドキした！

そして目がさめた。

すると、妻の顔が、僕の目の前に、大きく映った。

「あなた、さっきから、うれしそうな顔をしたり、口をパクパクしたり……。大丈夫？」

と、心配そうに僕を見た。

僕はこの時も、夢の中のような感覚だった……。

「うん、大丈夫！　僕、愛する奥さんの夢を見たんだ」と答えると、
妻は「よかった！」と笑みを輝かせ、
チュ、チュ、チュ！　と、キスのプレゼントをくれた。

あーっ、いい夢だった……。

第二十八話　すばらしい船の旅　5月30日

僕は、愛する妻と、『地球一周、船の旅』を楽しんでいた。
大きく立派な客船、まるで、豪華なホテルのようだった。
食事も見るからにきれいで、最高に美味しかった！
船の中には、映画館も劇場もあった。
毎食後、僕と妻は優雅な雰囲気のなかで、映画を鑑賞した。
ときどき、ラウンジでお酒を味わい、
景色を見ながら、素晴らしい船の旅を語り合った。

そんなある日、愛する妻がいなくなった。

どこを探しても、見つからない……。

「えっ、まさか……」

「そんなことはありえない！」

「早く見つけなくちゃ！」

レストランを探し回ったが、どのレストランにも、いなかった。

バーラウンジへ行っても、展望台へ行っても、どこにも、妻の姿はなかった。

「ひょっとして……？」

「まさか……？」

「早く見つけなくちゃ！」


僕は、大きな客船の中を、必死に、探し回った。

が、妻の姿は、どこにもなかった。

数時間後……？

僕は疲れ果て、フラフラになって、部屋に戻ってきた。

すると、部屋のバルコニーに、妻がいた！

僕はうれしくて涙があふれた。

妻は、ふり向き、僕を見た。

「あら、どうしたの？　何か悲しいことがあるの？」

「ちがうんだ！　ずっと、愛する奥さんのことを探していたんだ……」

「私はずっとここで海を見ていたわよ」

「僕は心配で心配で、死ぬところだった……！」
妻は笑みを輝かせ、
「愛しているわ。ありがとう！」と
僕を抱きしめてくれた。

この時、目がさめた。

妻は心配そうに、僕の顔をのぞき込んだ。

「あなた、大丈夫？」

「うん……。とにかく疲れた！」

「あなた、フトンの中で足をバタバタ……すごかったわ！　自転車をこいでいたの？」

「自転車？　いや違う、走っていたんだ……」

と言うと、妻は大笑い！

僕も笑った！

とても楽しい瞬間だった。

第二十九話　神様　6月2日

僕は『神様』と『自然』と、3人で、お話をしていた。
お酒を飲みながら、愉快に、楽しく、
時に笑ったり、泣いたり……。
そして『神様』が、
「さらばじゃ！」と言い、消えた。

今日の神様は、ずっとニコニコしていた……。

「良かった！」と思っていると、

『自然』が、ふてくされた顔をして僕に話しかけた。

「おれ、神様に怒《おこ》られちゃった……」

「気にするなって！」

「でも……。『おい、自然よ！　お前は、いたずらが、過ぎる！　あちこちで、自然災害を起こしている。大雨に、洪水、それに地震……。少しは、住んでいる人のことを考えなさい！』と……」

「神様は、君のことが好きだから、そう言ったんだよ」

「本当？」

「ああ、それ、本当！　僕も怒られたけどね。『お前は真面目で良い。しかし、もう少し、奥さんのことを大切にしなさい！』と……」

「神様は、なんでも、お見通し！　おれ、もう、いたずらをしないよ」

「僕は、もっと、もっと、奥さんを大切にするよ」

そして、２人で、笑った。

この時、目がさめた……。

神様のお言葉、心に深く……、いただきます！

どうもありがとうございました！

第三十話　いい夢だったなぁ〜　６月９日

僕はルンルン気分で車を運転していた。
トンネルに入り、一瞬、真っ暗になった。
手を胸に当てると、シートベルトをしていなかった。
あわててベルトをし、前を向いて走った。
大きく立派なビルがあり、中に入った。
すると、昔なつかしい駄菓子《だがし》が、山のようにあった。
僕はズボンのポケットから、ビニール袋を取り出し、
ラムネやアンズ、ベビードーナツ、あめ……を、袋いっぱいに入れた。
そして、
横のおじさんにお金を払い、車にもどった。
「お母さん、喜ぶだろうなぁ……」
僕は母のいる介護施設へと急いだ。

第三十一話　むずかしい質問　6月10日

僕はトイレで用をすませ、立ち上がった。
そして水を流そうとすると、
「ちょっと待て！　オレの話を聞け！」と、声がした。
「えっ？」
僕はあたりを見回すが、トイレの個室には、僕しかいなかった。
僕は怖くなり、流さず、そのままトイレを出ようとした。
この時、ふたたび、
「ちょっと待て！　オレの話を聞いてくれ！」と、声がした。
そして笑い声が、便器から聞こえた。
目を下にずらすと、僕のウンコが笑っていた。
「なんということだ！」
僕はすぐに、水を流そうとした。
すると、

「頼《たの》むから、オレの話を聞いてくれ……」と、ウンコが涙を流した。

「一体どうしたんだ？」と、僕はウンコに話しかけた。

するとウンコは涙をふき、にっこり、僕を見た。

「オレは毎日、朝早くから働き、嫁さんと子供を養っている。そして、くたくたになって帰ってくると、嫁さんと子供達は、お菓子を食べながらテレビを見ている。そしてオレの顔を見るなり、『あんた、早く、夕ご飯を作りなさいよ！』と、こわい顔をして命令するんだ。オレが一生懸命働いて、疲れているのに……」

「それはひどいなぁ……」

「そうだろう？　それに、オレは、掃除も洗濯も、朝ご飯も作っているんだ」

「かわいそうに……」

「オレは一体、どうすれば良いんだ？　離婚か？」

「それは難しい質問だ。離婚は夫婦間の問題だから……」

「なあ、教えてくれ！　オレは、このまま一生、我慢するのか？　ほかに道はないのか？」

「僕に聞かれても……」

「なあ、たのむ！　教えてくれ！」

「僕、これから仕事に行かなくちゃ！」

第三十一話　むずかしい質問

「そんな殺生《せっしょう》な！　オレのこと、見放さないでくれ！」

「ウンコさん、さようなら……」

僕は大量の水を流した。

ジャー～～～～！

「たのむ、オレの話を聞いてくれ！　あ～～～～」

第三十二話　あれは、夢？　6月11日

夜中、トイレに行くと、トイレットペーパーで、散らかっていた。

「なんだ？」

「だれが、こんなことしたんだ？」

トイレットペーパーを片付け、ベッドにもどった。

朝になり、トイレへ……。
すると、
トイレットペーパーが、
細切《こまぎ》れになって、散らかっていた。
「これは、おかしい……」
「いったい、誰がこんなことをしたんだ？」
僕は、怖くなり、何もいじらず、そのまま、家を出た。

第三十二話　あれは、夢？

帰ってくると、トイレへ急いだ……。

すると、
トイレの中は、トイレットペーパーで、いっぱいだった。

「いったい誰が、こんなことをしたんだ？」

「ひょっとすると、オバケか妖怪が、いるのかもしれない……」

僕は不安になり、台所へ急行した。

なんと、台所もトイレットペーパーで、埋まっていた……。

僕は寝室へと急いだ。

ドアを開けると、トイレットペーパーが、溢れてきた……。

「なんということだ！」

「この家は、どうなっているんだ？」

僕は怖くなり、家を出た。

そして、思いっきり走った……。


目がさめると、額に汗をかいていた。

「あ〜〜〜、夢で良かった！」

「これが本当だったら、大変だよ！」

と思いながら、トイレへ行った。

そして恐る恐る、ドアを開けた。

「キャーーーーーッ！」

第三十三話　夢の中でかわした約束　6月12日

僕は愛する妻と、公園を歩いていた……。

「花がきれいだね」

「ええ、本当に……」

「こうやって手をつないで、僕、本当に幸せ！」

「私もよ！　あなたと一緒で、本当に幸せ……」

お互いに見つめ合っていると、
愛する妻の身体が、浮いてきた……。

「えっ？」

僕は必死に妻の手を引き寄せた。

しかし、
妻の身体は、僕の頭上を越え、
風船のように、空高く、舞い上がった。

「え〜〜〜？」僕は何もわからなかった。

「私、あなたに『さようなら』を言わなければならないの」

「なんで？」

「私、天に、召《め》されたの。

今まで本当にありがとう！

あなたと一緒で本当に楽しかった……。

大好きよ！」

「僕も一緒に行く！」

「ダメよ！　あなたは、まだ、天国に行かれないの」

「僕は愛する奥さんと一緒にいたい、ずっと一緒にいたい！」

「私、うれしいわ。でも、あなたは、まだ、天の国には、行かれないの」

「なぜ？」

「あなたには、やらなければならないことが、あるの」

「なにを？」

「半年後、私をまたヨーロッパ旅行に連れて行ってね」

「うん……」

「私、フランスのニースが好きなの。

お城からの景色が最高に素晴らしかった。

大きくキラキラ輝く地中海……、

あなたと一緒に美しい海を見ていたい……」

「うん、わかった！」

「あなた、約束よ！」

「神に誓って！」

この時、妻はキラキラ輝く笑顔で、

「愛しているわ！」

と言い、

消えていった。

目がさめると、枕は、涙で濡れていた……。

第三十四話　愛と涙　6月13日

僕は妻と、バス旅行に参加していた。

『海と山の絶景めぐり』という、お楽しみがいっぱいのツアーに、大満足だった。

バスが止まり、運転手さんが言った。

「このパーキングで、30分のトイレ休憩をします。遅れないでバスに戻ってくださいね」

と。

僕は妻とバスを降りた。

「なんだ、ここは！」と、思わず声が出た。

目の前には、巨大な工場のような建物があった。

中に入ると、迷路のような、細い通路が、網の目のように伸びていた。

歩いていると、いつの間にか、妻がいなくなっていた。

きっと、この先に行っているのだろう……と思い、僕は急いだ。

トンネルを抜けると、市場《いちば》のようなお店が軒《のき》を並べていた……。

人も多い、ぶつからないと、歩けない……。

なんとか市場を通り抜け、外に出た。
しかし、妻は、どこにもいなかった。
ひょっとして、トイレかも……、と思い、トイレへ急行したが、
そこにも、いなかった。
僕は妻を見つけるため、来た道を、もどった。

この時、市場は、さらに多くの人で、賑《にぎ》わっていた。
もう時間がないので、僕は急いだ。
なんとか市場を通り抜け、巨大な工場へと、もどった。
そして、やっとのことで、外に出た。
すると、観光バスがぎっしり並んでいた。
「え〜〜〜！」
僕は乗ってきたバスがわからない……。
この時、バスガイドさんが通りかかった。
「あの、すみません。僕のバスを知っていますか？」と尋ねると、
「駐車場の反対側よ！」と、教えてくれた。
僕は走って反対側へと行くと、鉄のフェンスが高くそびえていた。

そのフェンスは、とがった槍《やり》のようだった。

「このフェンスを越えなければ、向こうへ行かれない」

僕は必死にフェンスに上り、やっとのことで向こう側へ……。

この時、いくつも、人だかりができていた。

なんと、運転手さんが、バスの前で、お客さんと話していた。

「バスに乗る前に、このくじを引いて……」と、ニコニコしていた。

僕も列に並んだ。

「あっ、お客さん、残念！　はずれです。残念賞は、この金魚です」と運転手さんが言うと、そのお客さんは金魚を手に取り、口に入れた。

「えっ、なんということだ！」僕は目を疑った。

その次の人も、はずれ……。

その次の人も、はずれ、だった。

やっと僕の番になった。

僕は残っているくじを引いた。

すると、『大当たり！』だった。

「お客さん、おめでとう！　大当たり賞は……」と言い、
泣いている女性を連れてきた。

第三十四話　愛と涙

僕の胸は急に熱くなった……。

「あっ！」

「お客さん、こんなに可愛い奥さんを、離しちゃダメだよ！」

「はい……」

「奥さん、ずっと、泣いていたよ」

第三十五話　スマートフォン　6月15日

僕は、妻と歩いていた……。

すると、

「先生、講演をお願いします！」と、言われた。

「あ、はい……。でも、内容は？」

「先生、フランスについて、お願いします」

「わかりました」


町を歩いていると、急に場面が変わった。

僕は雪の降る、フランスの田舎町を歩いていた。

「あ～、寒い！」僕はマフラーをぎゅっと結んだ。

「今日の昼過ぎに講演か……」

「フランスの歴史……、よし！」

「フランスの食文化……、よし！」

「フランスの都市、パリ、リヨン、マルセーユ……、よし！」

「フランスの大統領は……？」

「あれ？　思い出せない……」

「フランスの大統領は、誰だっけ？」

「顔はわかるけど、名前が出てこない……」

僕は講演会場の、大学の教室に入った。

すると、僕の奥さんが、イスに座って寝ていた。

僕は奥さんのポケットから、スマートフォンをとり出し、

「フランスの大統領は誰？　名前は？」と尋ねた。

しかし、何の返事も、なかった。

スマートフォンを、いじっていると、学生が声をかけた。

「何をしているんですか？」と。

「フランスの大統領は誰？　名前は？　と尋ねても、何も答えないんだ」

「スイッチを、オンにしないと……」と言い、スマートフォンの電源をオンにしてくれた。

その男子学生は笑っていた。

僕は「フランスの大統領は誰？　名前は？」と尋ねながら、学生レストランへ行った。

食券売り場の女性が、

「先生、今日の講演、私、楽しみにしています」と微笑んだ。

僕は食べながらも、スマートフォンに「フランスの大統領は誰？　名前は？」と尋ねていた。

食べ終え、急いで、講演会場へ向かった。

この間も、スマートフォンのボタンを押しながら「フランスの大統領は誰？　名前は？」と尋ねていた。

講演会場に着くと、多くの人で、いっぱいだった。

この時、僕は胸ポケットに入れたスマートフォンのボタンを、必死に何回も何回も、押していた。

「フランスの大統領は誰？　名前は？」と尋ねながら……。


そして、目がさめた。

僕は右手の人差し指で、何回も何回も必死に、胸を突いていた。

起きて鏡を見ると、僕の胸は、人差し指の痕《あと》で、赤くなっていた。

あ〜〜〜、こわい夢だった！

第三十六話　妻の笑顔　6月16日

僕は真剣になって、役所の女の人と話していた……。

「なんで愛する妻のものを、処分するんだ！」

「もう、あなたの愛する奥さんはいません！」

「妻は、この世にいないかもしれない……。でも、僕の心に生きているんだ！」

「旦那さん、早く自分の生活を、取り戻してください！」

「大好きな妻のものを、なぜ、捨てるんだ！」

「私は旦那さんのために言っているのです。早く自立してください！」

「何が自立だ！　フザケルな！」

「旦那さん、落ち着いてください！」

「フザケルな！　落ち着けるか！」

「旦那さんは病気です。病院に入ってください！」

そして僕は入院した。

部屋では、妻の写真を見て、泣くことしかできなかった……。

妻は亡くなり、もう自分で、どうにもならなくなっていた。

それは本当だ！

でも、愛する妻のものを、捨てるなど、できるわけがない！

大切に、大切に、持っていたい……。


僕の目に、妻の顔が、うっすらと、浮かんだ。

「あなた、大好きよ！」

と、笑みを輝かせた妻。


この時、パッと、目がさめた。

「あ~夢で良かった！」

「僕の愛する奥さん、いつまでも、いつまでも一緒だよ！」

第三十七話　本当に夢？②　6月17日

「ミーちゃん、大変だー！」

「ケンちゃん、どうしたの？」

「今、とんでもない夢を見たんだ……」

「ケンちゃん、落ち着いて！　どんな夢だったの？」

「ミーちゃんが、認知症になって、施設に入って……」

「私が？　なんで？」

「わからない……。でも、夢を見たんだ」

「ケンちゃんは私のために、なんでもやってくれる。本当にどうもありがとう。でも、私は普通よ！」

「うん、確かに普通だ……」

「ケンちゃんは、変な夢を見たのね」

「えっ？」

「私がキスしてあげる！」と言い、

ミーちゃんは、僕にキスした。

「僕、やっぱり、おかしい……？」

「ええ、とっても！」

「どうすればいい？」

「そうね、認知症の施設に入ったほうがいいわよ」

「うん、わかった。僕、入る……」

「私、毎日、会いに行くからね」

「ミーちゃん、どうもありがとう！」

「フフフッ……。ケンちゃん、大好きよ！」

「僕もミーちゃんのこと、大〜好き！」


この時、僕はニコニコしながら目がさめた。

いったい、何がどうなっているんだ？

まったく、解からない……。

第三十八話　心臓がバクバク痛かった！　6月18日

僕はフランスの大学の寮にいた。

「ムッシュ、手続きはこれで完了です。あなたの部屋は、517号室です」と言い、寮長は僕にカギをくれた。

「それに、あなたの荷物は、もう、部屋にいれてあります」と。

「マダム、どうもありがとう！」と、僕は寮長にお礼を言った。


僕は階段を上がっていった。

4階の階段横に勉強部屋があり、男子学生が、本を読んでいた。

その反対側には、サウナ室があり、蒸気で、真っ白だった。

「大学の寮にサウナ室があるなんて、なんとも、豪華だ！」と思っていると、学生に話しかけられた。

「新入りか？」

「そう、今日から……」

「ところで、ラスベガスをしないか？」

「ラスベガス？　何のこと？」

「ここでは、ギャンブル、賭け事のことさ」

「大学寮で賭け事なんて、うそだろう……」

「なんだ、しないのか？」

「しないよ！」と言い、僕は5階へと……。

ところが、5階に上がる階段が、ない！

4階を、端から端まで探したが、5階に上がる階段が、見つからなかった。

僕は探し疲れ、1階の管理人室で尋ねた。

『階段は4階までしかない。どうやって5階へ行くのか？』と。

すると管理人が笑って答えた。

「5階へは、この横のエレベーターで、直通だ！」

僕は早速5階へ上がった。

そして517号室のドアを開けた。

なんと、僕のベッドに、若い男女が寝ていた！

それに、僕のトランクが開けられ、中のものが散らかっていた……。

「なんということだ！　ここは僕の部屋だ！　早く出ていけ！」

と、僕は怒鳴った。

僕がバッグの中のお金を確認していると、若い男女は、消えていた……。

「とんでもない所に来ちゃったなぁ……」

「これからが心配だ！」

と思っていると、目がさめた。

これが現実でなくて、本当に良かった！

第三十九話　乙女の恥じらい　6月19日

僕は実家のスーパーマーケットで、働いていた……。

電話注文が入った。

「お酒にビール、砂糖と塩、それに味噌としょうゆ……。これで全部だ。僕、配達に行ってくるね」と言い、自転車で出発した。

川沿いを走っていると、花が、とてもきれいだった。

僕は思わず自転車をおり、花を見ていた……。

ふと気がつくと、止めたはずの自転車が、なくなっていた。
「あれ？　何もない……。一体どうしたんだろう？」
僕は泣きながらお店に帰った。
すると、
母が「ご苦労様！　早かったね！」と、にっこりした。
「ちがうよ！　自転車ごと、商品も、全部、盗まれた！」と、僕はさらに泣いた。

「あら、そうだったのかい……」

「全部、盗られた！」

「気にしなくていいよ！」

「なんで？」

「お前は公園のベンチで、寝ていたんだよ。さっき、通りがかったお客さんが、自転車をもってきてくれた……。お前がグーグー寝ていて、話しかけても揺すっても起きなかった。それで、お客さんが心配して、自転車と商品を、持ってきてくれたんだよ……」

「本当？」

「あたり前田のクラッカー！」と言い、母は大きく笑った。

「ところでお前、どんな夢を見たんだい？」

「僕はメリーポピンズと、ロンドンの空を飛んでいた……」

「いいねぇ、私も女学校当時の夢が見たいわ……」と微笑んだ。

「お母さん、どんな夢？」

「当時、好きな人がいたの……」と、
母は少女のように、はにかんで、うつむいた。

第四十話　あ～楽しかった！　6月20日

僕は実家のスーパーマーケットで、働いていた……。

「あっ、もうお昼だ！　お父さんお母さん、お昼ご飯を食べてきて！」と言うと、

「それじゃ、お店、お願いね！」と言い、母と父は食堂へ……。


僕は、お店の中を、ピカピカにしたかった……。

タオルで棚をふいたり、商品をきちんと並べたり……、
そして掃除を始めた。

この時、『小さなゴミ？　ほこり？』が目についた。

僕は掃除機を持ってきて、スイッチを入れた。

すると掃除機は、ものすごい音を鳴らしながら、あちこちと、暴れまわった。

僕は掃除機の暴走を止めようと、掃除機を引っ張ったが、逆に、振り回されてしまった。

「このままじゃ、お店の中は、めちゃくちゃになってしまう……」

僕はとっさに、掃除機に飛びかかり、馬乗りになった。

「いい子だ、いい子だ、落ちついて……」

「そうそう、このまま、このまま……」と、やさしく話しかけた。

次の瞬間、

僕は掃除機にのって、大空を飛んでいた……。

「うわぁ～、すごい！」

「ふわふわ、ふわふわ、気分は最高……」

横を見ると、メリーポピンズがにっこり、ウインクをした！

「え～～～、びっくりしたなぁ……」

僕は我を忘れて大空を飛んでいた。

「あっ、あれはパリのエッフェル塔だ！」

「あれは、シャモニ・モンブラン……。きれいだなぁ……」

「あっ、あれはペルーのマチュピチュ、空中都市だ！」

「あれは自由の女神……」

「ここは、アメリカのニューヨークか……」

「うわぁ～、なんてきれいなんだ……」

「あれがナイアガラの滝か……」

この時、
誰かが僕の頭をたたいた……「もしもし、もしもし！」と言いながら。

「えっ？」僕は目をさました……。

「おまえ、何をしているんだい？」と、母の声がした。

「えっ？」

僕は我に返り、目をパチクリした……。

「おまえ、寝ていたんだね」と、母は笑った。

横で、父も笑った。

そして僕も笑った。

「あーっ、楽しかった！」

第四十一話　一番大切なのは……　6月21日

僕は『にらめっこ大会』で、順番を待っていた。

笑ったら負けなので、前の人の表情を、観察していた……。

僕の番になった。

イスに座り、心を落ち着かせ、

「絶対に笑わない！」と、心に誓った。

審判員が、

「これから、カーテンを開ける。笑ったら、負けだ！」

と、厳しい勝負の目をして、僕を見た。

僕はすぐに、「分かりました！」と強く答えた。

そして、カーテンが上がった。

「えっ……？」

なんと、僕の目の前には、馬がすわっていた。

「さっきまで、人間ばかりだったのに、なんで馬がいるの？」

僕は意味が分からなかった。

すると、馬が僕の顔を見て、「ヒヒーン！」と笑った。

審判員が、すぐに旗をあげた。

「馬の負け！」と。

僕はキツネにつままれたようだった。

審判員が、厳しい顔をして言った。

「次の勝負！」と。

そして、カーテンが上がった。

なんとそこには……、
僕の目の前には……、
百獣の王ライオンがすわっていた。

「えっ、うそでしょ！」僕はすぐに逃げようとした！

その時、ライオンが話しかけた。

「僕には好きな女の子がいるんだ。彼女、狩りも上手だし、きれいだし……、それに歩き方も魅力的なんだ。でも、僕はライオンの中では決して強くないし、順位も下だし……。それに、彼女に告白する勇気がないんだ……」と、ライオン君はしょげて言った。

第四十一話　一番大切なのは……

僕は座り直し、ライオン君に微笑んで言った。

「君は、たてがみも立派、顔もハンサム、それに清らかな目をしている！」

「ありがとうございます」

「君は間違いなく、立派なライオンだ！　すぐに彼女に好きだと告白しなさい！」

「はい、わかりました！」

「彼女もきっと君のことが好きだよ！」

「えっ、本当ですか？」と言い、
ライオン君は、

「ガオー！　ガオー！」と、うれしそうに吠えた。

審判員が、すぐに旗をあげた。

「ライオンの負け！」と。

そして僕の手をあげ、「あなたが優勝です。おめでとう！」と言い、
優勝のトロフィーをくれた。

この時、会場からいっせいに拍手が……。

「すごいね！」

「優勝おめでとう！」

「勝つ秘訣は？」

「どうすれば……?」

僕はトロフィーを手に、みんなに挨拶した。

「何よりも、一番大切なのは……、夢と希望をもって、まじめに努力することです!」

と言い、深々と頭を下げた。

第四十二話　昔ばなし　６月22日

ロビンフックと、ピーターペンが、ケンカしていた……。

そこへ、浦島ぴょん吉が釣り竿と鉄砲を持ってきた。

３人のケンカは、さらに、激しくなった。

そこへ、タコ星人が空飛ぶ円盤にのって、やって来た。

「まあまあ、みなさん。ケンカしないで、仲良くしましょう！」と、タコ星人が笑顔で言った。

「バカヤロー！　仲良くなんかできるか！」と、ロビンフックが怒った。

「まあまあ、そんなこと言わないで、仲良くしましょう！」

「フザケルな！　こいつと仲良くできるか！」と、ピーターペンも怒った。

「これをあげるから、仲良くしてね！」と、タコ星人が大きなカバンから箱を取り出した。

すると浦島ぴょん吉がびっくりした！

「まさか、これは、玉手箱？」

「そうじゃよ。これは乙姫様の玉手箱じゃ」

「え〜〜〜！」浦島ぴょん吉は、ひっくり返った。

「これをみんなにあげるから、仲良くしてね！　でも、決して箱を開けてはいけないよ」

「はい！」と言い、ロビンフックが玉手箱をかかえ、帰っていった。

ピーターペンも、玉手箱をかかえ、帰っていった。

浦島ぴょん吉は「こわいなぁ……」と言いながら、玉手箱をかかえた。

そしてタコ星人に尋ねた。

「箱を開けると『白いけむり』が出ますか？」と。

「ワハハハ……。それは、どうかな……」

「僕は、白いひげの、おじいちゃんに、なりますか？」

「ワハハハ……。それは、どうかな……」

「お願いします！　本当のことを教えてください！」

「わかった。教えてやる……」

「ねえ、じらさないで、早く！」

「玉手箱を開けると、」

その瞬間、『ワハハハ……』という声と共に、タコ星人が消えた。

浦島ぴょん吉は不安げに、玉手箱をかかえ、家に帰った。

そして来る日も、来る日も、玉手箱に手をかけるが、開けることができなかった。

その内に、浦島ぴょん吉は病気にかかり、寝たきりになった……。

お医者さんが、「もう、ご臨終《りんじゅう》です」と言った。

浦島ぴょん吉は、なんとか、根性でささやいた。

「先生、待ってください！　玉手箱を……」

「はいはい」と言い、お医者さんは玉手箱を開けた。

「先生、白いけむりは？」

「白いけむりは入っていない、そのかわり、『三角くじ』が2枚、入っている」

「なんて書いてあるんですか？」と、浦島ぴょん吉は弱弱しい声で尋ねた。

お医者さんは、ゆっくり、ていねいに取り出し、三角くじを……。

「先生、早くお願いします！」

「『はずれ！』と書いてある」

「あの野郎、ふざけやがって！」浦島ぴょん吉は思わず声を張りあげた。

そして、ハア、ハア、ハア……！　と、身体を震わせた。

「先生、もう一枚は？」と、消えそうなほどの声で尋ねた。

「もう一枚は……」

「先生、早くお願いします！」

「もう一枚は……、『仲良くしましょう！』と書いてある」

「あの野郎、ふざけやがって！　もう許さない！」

浦島ぴょん吉の顔は真っ赤になり、全身がピクピクと痙攣《けいれん》した。

「あ〜〜〜、胸が苦しい、息ができない……」

この時、目がさめた。

本当に心臓が痛かった！

第四十三話　さがしもの　６月23日

僕は自分の部屋で、何かを、さがしていた……。

机の引き出しを全部開け、必死になって……。

「あ～、どこにもない……」

僕は押し入れを全部開け、段ボール箱をひっくり返し、
中のものを、念入りに、さがしていると……。

父と母がきて、笑顔で手伝ってくれた。

その内に、

「見つからないねぇ……」

「見つからないねぇ……」

と、父と母が、渋い顔をした。

僕も、「本当に見つからないねぇ……」とガッカリした。

すると母が、

「ところでお前、何をさがしているんだい？」と、僕を見た。

僕は母に言った。
「何をさがしている？　それが、わからないんだ……」と。
母は大笑い！
父も大笑い！
そして僕も笑った！

目がさめると、僕は笑顔になった。
そういえば、以前も、さがしものをしている夢を何回も見た……。
そして、
そのさがしものは、いつも、見つからなかった。

第四十四話　楽しい自転車　6月28日

今日は朝からとても良いお天気！

僕は自転車に乗ってみたくなった。

「お父さん、お母さん、夕方までには帰るよ！」

と言い、僕は出発した。


場面が変わり、僕は小学校の校庭で、三輪車に乗っていた。そして、たくさんの小学生に囲まれ、和気あいあい、話していた。

すると校長先生が来て、「あなたはダメ！　帰ってください！」と言われた。

僕はみんなに『さよオナラ！』と言い、自転車に乗って走っていった。

気分は、最高だった……。

「ここはどこかなぁ？」

「あっ、富士五湖だ！」

「富士山もきれい！　花も湖も、きれい！」

「やっぱり、自転車はいいなぁ〜」


「あれ？　ここは？」

僕は人に尋ねた。

「あのぉ、すみませんが……。ここはどこですか？」と。

その男の人は湖を指さしながら、

「ここは浜名湖ですよ」と答えた。

「えっ、もう浜名湖まで来たのか……。早いな……」

再び自転車に乗って走っていると、
庭の美しい古風な家に、子供達が遊んでいた。
「この道、まっすぐ行ける？」と尋ねると
「うん、いけるよ。でも、どんどん狭くなるよ」と、みんなが笑った。
僕はまっすぐに進んだ。
道は、スーパーマーケットの、屋上へとつながっていた。
そして、行き止まりになっていた。
ふり向くと、来た道が、なくなっていた。

仕方ないので、僕は屋上から飛び降りることにした。

下を見ると、塀《へい》があった。

「運良く、あそこに、降りられればいいのだけど……」

僕は思い切って、飛び降りた！

次の瞬間、僕は山の中を自転車で走っていた……。

その内に、暗くなってきた。

「あっ、そうだ！　家に、電話をしないと……」

遠くに、大きな明かりが見えた。

僕は小さな子供に尋ねた。

「あれは、町ですか？」と。

すると、その子供は「ちがう！　あれはホテル……」と教えてくれた。

「これから家に帰るのはムリだ。今日はあのホテルに泊まって、明日、家に帰ろう……」

と、思った。

僕はその明かりを目指して、夜の道を、必死に、自転車で走った。

その内に、右も左も、真っ暗になり、
さらに、前も後ろも、真っ暗になった。

なんとか、ホテルにたどり着いた。

しかし、気味が悪く、こわかった！

ドアをノックすると、笑い声がした。

「変なところに来ちゃったなぁ……」

「どうしよう？」

次の瞬間、「いらっしゃ～い！」と、
目も鼻も口もない化け物、のっぺらぼうが、顔を出した。

「え～～っ、なんだ？」

「助けてくれ～～～」

僕は、暗黒の世界へと、落ちていった……。

「あ～～～」

「あ～～～～～～～～～」

この時、目がさめた。

「あーっ、こわかった！」

第四十五話　どうもありがとう！　7月3日

僕の愛する奥さんは、認知症とリハビリのため、介護施設に入所していた……。

「ミーちゃん、今日は施設を出て、家に帰るよ！」

「よかった！」

「施設の生活は、どうだった？　楽しかった？」

「よくわからない……」

「食事とか、リハビリ……とかは？」

「よくわからない……」

「そういえばミーちゃん、少し、痩せたような……」

「あら、そう？　フフッ……」

「それに、お腹の、ポンポコリンが……、小さくなった。僕と同じ位のお腹に、もどったよ！」

「よかった！」と、ミーちゃんは大きく笑みを輝かせた。

「今日はミーちゃんの、出発の日！　施設の人、ケアマネジャーさん、栄養士さん、それに看護師さん、介護士さん、理学療法士さんに、お礼を言わなくちゃ！」

「フフフッ……」

「あっ、そうだ！　一番大切な人に、お礼を言わなくちゃ！」

「だあれ？」

「施設のお医者さん、ミーちゃんの、担当医、森本先生！」

「えっ……、だあれ？」

「ミーちゃんのことを、毎日、いろいろ心配して面倒を見てくれた先生！　よく電話をくれて、ミーちゃんのことを、親身になって治療してくれた、偉大な先生だよ！」

「あら、そう？　私は知らないわよ……」

「ミーちゃんは、毎日のように先生に診てもらって……」

「私は、知りません！」

「とにかく良かった！　ミーちゃん、これから、家に帰るよ！」

「は〜い！」と、にっこり、笑みを輝かせた。

「ミーちゃん、さっそく明日から旅行だよ！」

「私、うれしいわ！」

「沖縄旅行、北海道旅行、それにヨーロッパ旅行も！」

「どのくらい、行くの？」

「いつもと同じ、２ケ月から３ケ月……ヨーロッパ・アルプスを、ぐるっとめぐるよ」

「私、あそこへ行きたいわ！」

「えっ、どこ？」

「とても楽しくて、なんでもできる、不思議なところ……」

「ミーちゃんが行きたいのなら、どこでもいいよ！」

「よかった！」

「でも、ミーちゃん……、とても楽しくて、なんでもできる、不思議なところ……って、いったい、どこなの？」

ミーちゃんは、明るく、さわやかに、そして、うれしそうに僕を見た。

「そこは、幸せの国なの……。痛みも、苦しみも、何もないの。すべてが幸せなの……」

「ミーちゃん、いったい、どこ？」

「天《てん》の国なの……」

「えっ？」

僕の目から、
涙が、
ふきだした！

第四十六話　美しいドレスを着た女性　7月5日

僕は小学生になっていた……。
場所はどこ？
わからない……。
でも、まわりから、ドイツ語が、聞こえている……。

みんなで山へ、ハイキングに行った。
帰りは、みんなで走った！
お天気も良く、みんなの顔が輝いていた……。

途中、小屋のようなものがいくつもあった。
中へ入ると、
そこは、サーカスのようだった。
いっぱいの観客に、楽しい動物の演技、

第四十六話　美しいドレスを着た女性

それに、空中ブランコも、ハラハラドキドキだった。
小屋を出て、横の小屋へ入った……。
中では子供たちが目を凝《こ》らし、美しいドレスを着た、女の人を見ていた。
そして、
「わーすごい！」
「すごい！」と言い、拍手をしていた……。
その女の人は、
何もない空間から、色とりどりのスカーフを、パッと取り出していた……。
僕も、そばに寄って、じっくり見ていると、
こんどは、きれいな花を、パッと、取り出した。
僕は目の前の出来事にビックリした！
「なんで、何もない空間から、花が出てくるの？」
その女性は「どうぞ！」と言い、僕に、その花をプレゼントしてくれた。
僕はドキドキしながら、その花を、受け取った。
すると、その花は2本になり、３本になり……、
あっという間に、豪華なブーケ、花束になった。
僕はビックリ！

そして、
笑顔になった！
「どうもありがとう！」と、その女性にお礼を言った。
すると女性は、顔を覆っていたベールをとった……。
「え〜〜〜〜！」
僕は、あわてて逃げた。
美しいドレスを着た女性は、オオカミだった……。

第四十七話　三度目の正直！　7月6日

僕は「鉄」を作る会社で働いていた……。

真っ赤に燃えたぎる、熱い熱い、鉄！

僕は毎日、溶鉱炉《ようこうろ》の正面で、ヘルメットをかぶり、防熱用のメガネとマスクをかけ、注意深く、仕事をしていた。

とにかく、暑い！

めちゃくちゃに、熱い！

身体が焼けそうだ！

そして、会社を辞めた。


職業安定所（ハローワーク）で、相談した。

「僕の小さいころからの夢は、パン屋さんになることです」

担当官の人が、「この近くのパン屋さんで、見習いを募集しています。行ってみますか？」

僕はうれしくなった、そして、大きな声で「はい！」と答えた。

紹介状をもって、パン屋さんに行った。

店長さんはニコニコして、尋ねた。

「どんなパンを作りたいですか？」と。

「僕は動物が好きなんです。だから、動物のカタチのパンを作りたいです」

すぐにパン生地《きじ》をネコとパンダのカタチにし、大きなオーブンで、焼いた。

店長さんが、「おいしく焼けるといいですね！」と、微笑んだ。

僕は大きな声で「はい！」と答えた。

パンの焼き上がるのを見ていると、身体が熱で暑くなってきた！

「あ〜、フラフラする……。倒れそうだ！」

僕は店長さんに言った、

「辞めさせてください！」と。

僕は再び、職業安定所で相談した。

「熱い職場ではなく、涼しい職場を、お願いします」

「それなら、ファミリーレストランは、どうですか？　室内は、エアコンがきいて、涼しいですよ！」

僕はうれしくなった、そして、大きな声で「はい！」と答えた。

紹介状をもって、ファミリーレストランへ行った。

さっそく店長さんが、注文用の端末の、入力方法を教えてくれた。

しかし、何回も何回も、何十回も教えてくれたが、僕は、何もわからなかった。

この時、店長さんが、言った。

「さようなら！」と。


僕はすぐに、職業安定所へ行った。

「どのような職業が、僕にむいていますか？」

「そうですね。好きなものとか、やってみたいこととか……、ありますか？」

「僕は、動物が好き！　特にかわいい赤ちゃんが……」

「ペットショップですか……。いま、探したけど、募集はありません」

「ペットショップでなくてもいいです」

「あ、ありました！　動物園で、飼育員の募集が……。どうしますか？」

「お願いします！　今度こそ頑張るぞ！　三度目の正直！」

僕は紹介状をもって、近くの動物園に行った。

「園長先生、よろしくお願いします！」

「こちらこそお願いしますね」と、園長先生は、笑顔で答えた。

「僕の担当は何ですか？　ニワトリですか？　それとも、焼き鳥ですか？」

「えっ？」園長先生は大きな目を開け、びっくりした！

「ゾウですか？　それとも、冷蔵庫ですか？」

「ばーか！」

「カッパですか？　それともキュウリですか？」

「アホ！」

「ペリカンですか？　クロネコですか？　それともカンガルーですか？」

「ばーか！」

「キリンですか？　それともサッポロですか？」

「ちがう！　君の担当は」

「チョウチョですか？　それとも八百長《やおちょう》ですか？」

「ばーか！」

「あっ、わかった。プー太郎だ！」

「ちがいます」

「今度こそわかった！　おわん太郎だ！」

「ばーか！」

「もう、これしかない。エビ・カニ・イクラだ！」

「全部、ちがいます。あなたの担当は」

「園長先生、待ってください。今度こそ、わかりました！　僕の担当は、本まぐろの中トロですね！　わさび醤油をつけて、これがおいしいんだなぁ〜」

「バカヤロー！」

「えっ、ちがうの？」

「ふざけたことばかり言いやがって！　お前は、もう、クビだ！　さっさと帰れ！」

「え〜〜〜〜！」

僕はビックリ、目がさめた！


僕がこんなダメ人間で、こんなメチャクチャなことを言うの？

本当？

信じられない……。

いま、3時20分。

僕はトイレに行った。

「もっとすてきな夢、見たいなぁ〜！」

第四十八話　トイレのあとで　7月6日

僕は必死になって、園長先生と話していた……。

「園長先生、僕の担当は何ですか？　コンニャクですか？　それとも、はんぺんですか？」

「ばーか！」

「レバニラですか？」

「ちがう！」

「バナナですか？」

「ふざけるな！」

「園長先生、僕は何でもします！　だから、働かせてください！」

「ダメだ！」

「園長先生、どんなつらい仕事でも、僕、笑顔でがんばります！　泣《な》き言《ごと》は、決して言いません。だから、働かせてください！」

「ダメだ！」

「動物園がダメなら、園長先生の家で、働かせてください。僕、掃除も洗濯もします！　それに、ごみ捨ても……」

「ダメだ！」

「僕、買い物も、ご飯も作ります！　泣き言は、決して言いません！」

「ダメだ！」

「僕、園長先生の靴も磨きます」

「ダメだ！」

「僕、園長先生の奥さんを、一生大切にします。だから、お願いします！」

「なんだと？」

「さっき、奥さんにメールを送ったら、『早く帰って来てね。待っているわ♥♥♥』と……」

「この野郎、ふざけやがって……」

「いつも、園長先生が家を出てから、こっそり、デートしています」

「なんだと？」

「僕は園長先生の奥さんを愛しています！　奥さんも僕のことを愛しています」

「ふざけるな、この野郎！」

「あっ、奥さんからメールがきた……『今夜はすき焼きよ！　早く帰ってきてね♥♥♥』

と」

「あの野郎、ふざけやがって！　俺には一回もすき焼きを作ってくれなかった……」

「僕は帰ります。園長先生、さようなら！」

「どこへ帰るんだ？」

「僕と奥さんの、愛の家です」

「この野郎、ふざけやがって！」

園長先生は真っ赤になって、ひっくり返った。

この時、目がさめた。

「神様、とんでもない夢を見て、ごめんなさい！」

「どうか、許してください！」

「これからは、真面目《まじめ》に、一生懸命、働きます！」

第四十九話　愛と情熱　7月9日

僕はアフリカの砂漠を歩いていた……。
灼熱の太陽、空気は痛いほど熱かった。
右を見ても、左を見ても、何もない……。
ただ、熱風と砂だけが、すべてを覆いつくしていた。
僕はヘトヘト、そしてクタクタ……。
「ああ～、もう、歩けない……」
僕はその場に倒れた。
しかし、砂があまりに熱く、鉄板で焼かれるようだった。
僕は再び歩き出した。
少しすると、目の前に、オアシスが見えた。
みんな、楽しそうに食べたり、飲んだり、話したりしていた。
僕もお水をもらい、パンをもらい、ホッとひと息ついた。
「毎日が楽しいね！」

「ホント、ホント！」と、明るくさわやかな声が聞こえた。

僕はビックリ！

「こんな砂漠の中で……、なんで、楽しいの？」と思わず言葉が飛び出した。

すると、正面に座っていた男の人が、

「どんなところでも、楽しいと思えば楽しいのさ！」と僕を見た。

横の男の人も、

「その通り！　イヤだと思えば、つらいし、悲しいし、逃げたくなる」と笑った。

「でも、ここは砂漠！　熱くて何もないよ！　なんで、楽しいの？」と僕は不思議だった。

男の人は、「すべては、心の持ちようさ！」と再び笑った。


この時、トラックがやって来た。

そして、荷台のドアが開いた。

中には、僕の愛する妻が乗っていた！

「あっ、ミーちゃんだ！　なんで、泣いているの？」

「あなたが居ないから、探しに来たの。ケンちゃん、愛しているわ！」

「ミーちゃん、好きだよ！　愛している！」

そして、灼熱の太陽よりも熱く、妻を抱きしめた！

第五十話　アリとネズミとヘビさん　7月12日

引っ越しするので、荷物をまとめていた……。

今度は緑が豊かで、山が美しい所。

山菜採りも、楽しみだ！


田舎の別荘みたいな家に到着、さっそく、荷物を開けた……。

「ミーちゃん（僕の奥さん）、この植木鉢の花は、どこへ？」

「そうね……。リビングの真ん中」

「ミーちゃん、この花は？」

「キッチンの横」

「ミーちゃん、この花は？」

「それは大きいから、ベランダ」

「はいはい！」

部屋の中は段ボール箱で、いっぱいだった。

「今日は、ここまでにしよう。僕、疲れたよ」

「ええ。また明日、頑張りましょうね」

「うん！」


ソファーで横になっていると、ミーちゃんの声……。

「早く来て！」

僕はキッチンへ、とんでいった。

「ミーちゃん、どうしたの？」

「この花に、アリさんが……どんどん出てくるの」

「あっ、本当だ！」

「ここにも、あそこにも……」

アリは、土の中から湧《わ》いてくるかのように、あっという間に、あたり一面を覆った。

「うわーっ、なんということだ！　キッチンが真っ黒、アリに占領された！」

「そんな！　笑っていないで、どうにかしてよ！」

「うん。いま、掃除機で、みんな、吸い取ってやる！」

すぐに、掃除機をかけ、キッチンをきれいにした。

「よし、これで完璧だ！」

僕はリビングにもどり、ゆっくりしようと……、
ところがテーブルの上は、黒いアリだらけだった……。

「あっ、ソファーにもアリが……」

僕は急いで掃除機を取りにもどった。

この時、ミーちゃんの、叫び声がした。

「キャーーーッ！」

僕は寝室へ走った……。

「ミーちゃん、いったい、どうしたの？」

「これを見て！」

ベッドを見ると、何十匹ものネズミが、タオルケットを食べていた。

「えーーーっ！」おもわず背筋が凍り付いた！

「ここじゃ寝られないわ。どうする？」

「奥の部屋へ行こう！」

ミーちゃんの手をとり、寝室を出た。

が、
床が、アリで、真っ黒になっていた。

「なんということだ！」

とにかく急いで、奥の部屋へ……。

ドアを開けると、ヘビが、いっぱい！

うじゃうじゃ、うごめいていた……。

ミーちゃんは、

「キャーーーーッ！」と叫び、倒れそうになった。

「あっ、ミーちゃん！」

僕はとっさに、ミーちゃんの手をとり、家の外へと走った……。

玄関ドアを開けると、ハチの大群が襲いかかってきた。

「うわーーーっ！」あわててドアを閉めた。

「どうしたの？」

「殺人スズメバチだ……」

「どうするの？」

「外へは出られない……」

この時、

「あ、あ……」とミーちゃんの声が震えた。

ふり向くと、ヘビの大群が、押し寄せてきた。

天井からは、ネズミがふってきた……。

「キャーーーッ！　助けてーーーーーー！」

「あ～～～、もうダメだ！」

と思った瞬間、目がさめた。

「ああーっ、夢で良かった……」

僕はホッと、生きていることのありがたさを感じた。

最後まで、ご愛読くださり、本当にありがとうございました！

おわん太郎

あとがき

私は今まで、いろいろ、いっぱい、夢を見てきた。
楽しい夢、うれしい夢、
つらい夢、悲しい夢、
そして、
疲れる夢、理解不能な夢も……。

最近は、朝、目がさめるまでに2つ、3つの夢を見ることが多くなった。
また、長〜い夢を見ることも多くなった。
それに、空を飛んでいる夢、怪獣、動物の夢も、よく見ている。

私は今、現実の世界で生きている。
私が生きていることは、夢ではない。
顔をつねると、痛い！
しかし、

あとがき

私がこの先、生き続けることは……
ひょっとすると、それが夢ではないか？
ひょっとすると、それは夢の中での世界……かもしれない。

私が毎日生きていること自体、それが夢なのかもしれない。
私の人生も、私の存在も……、
それがすなわち、
夢の中の出来事なのかもしれない。

私達は、みな、
夢の中の異次元の世界で生きているのかもしれない。
虚像と実像と仮想の世界……。
そう、すべては、夢の中に存在する……。

私の見た夢が、皆様にとって、心の平和と幸福をもたらしますよう、お祈りしております。
本当に、どうも、ありがとうございました。

敬具

著者プロフィール

おわん 太郎（おわん たろう）

東京都出身
ブルゴーニュ・ワイン知識向上実習 合格証書及び名誉証書取得
サン・テチエンヌ大学　フランス語フランス文明修了証書取得
ル・メーヌ大学　経済学修士号取得

著書
『カナダからやって来たお姫さま（上下巻）』（2019年　文芸社）
『愛のパラダイス（上下巻）』（2020年　文芸社）
『シャモニ、モンブラン、そして愛（上下巻）』（2020年　文芸社）
『神様からのプレゼントとぷいぷいぷい！（上下巻）』（2021年　文芸社）
『ある日、突然、認知症!?』（2021年　文芸社）
『母への手紙（上下巻）』（2021年　文芸社）
『夢のパラダイス』（2022年　文芸社）
『愛と情熱のファンタジア』（2023年　文芸社）
『夢のパラダイス　3』（2023年　文芸社）

夢のパラダイス　2

2023年5月15日　初版第1刷発行

著　者　おわん 太郎
発行者　瓜谷 綱延
発行所　株式会社文芸社
〒160-0022　東京都新宿区新宿1－10－1
電話　03-5369-3060（代表）
03-5369-2299（販売）

印刷所　株式会社エーヴィスシステムズ

ISBN978-4-286-24126-5